W0250053

L'AUTOROUTE DU CYBERSEXE

Série « Brigade Mondaine »

DU MÊME AUTEUR

CHEZ LE MÊME ÉDITEUR

Je souhaite recevoir :

Le catalogue complet
Les volumes ci-dessous cochés au prix de € 5,50 l'unité, soit :

.... livres à € 5,50 =........ ....

+ frais de port
(1 vol. : € 2,50 ; 2à 3 vol. : € 3,70 ;
4 vol. et plus : € 4,70) =................

Total :... ....

NOM ....PRÉNOM ....
ADRESSE ....
....
CODE POSTAL ....VILLE ....

Paiement par chèque à l'ordre de :

CEGEP-ÉDITIONS VAUVENARGUES
15 chemin des Courtilles
92600 ASNIÈRES

- * N° 1 : LE MONSTRE D'ORGEVAL
- * N° 2 : LE CARROUSEL DE LA PLEINE LUNE
- * N° 3 : L'ABOMINABLE BLOCKHAUS
- * N° 4 : LES SÉMINAIRES D'AMOUR
- * N° 5 : LE MARCHÉ AUX ORPHELINES
- * N° 6 : L'HÉROÏNE EN OR MASSIF
- * N° 7 : UN CHANTAGE TRÈS SPÉCIAL
- * N° 8 : LES REQUINS DE L'ÎLE D'AMOUR
- * N° 9 : LA CITÉ DES DISPARUS
- * N° 10 : LE CYGNE DE BANGKOK
- * N° 11 : LA MANTE RELIGIEUSE
- * N° 12 : LE JEU DU CAVALIER
- N° 13 : LA CROISIÈRE INTERDITE
- N° 14 : LE HAREM DE MARRAKECH
- N° 15 : LA MAISON DES MAUDITES
- N° 16 : LA PERMISSION DE MINUIT
- N° 17 : LES CAPRICES DE VANESSA
- N° 18 : LA VIPÈRE DES CARAÏBES
- N° 19 : LE VOYOU DE MONTPARNASSE
- * N° 20 : LES FILLES DE MONSEIGNEUR
- * N° 21 : LA NUIT ARABE DE MONACO
- * N° 22 : LA FERMIÈRE DU VICOMTE
- * N° 23 : LA PUNITION DE L'AMBASSADEUR
- * N° 24 : LA SECTE DES AMAZONES
- * N° 25 : LES SIRÈNES DE L'AUTOROUTE
- * N° 26 : LE BOUDDHA VIVANT
- * N° 27 : LA PLANCHETTE BULGARE
- * N° 28 : LE PRISONNIER DE BEAUBOURG
- * N° 29 : LES ESCLAVES DE LA NUIT
- * N° 30 : LES POUPÉES CHINOISES
- * N° 31 : LES SACRIFIÉS DU SOLEIL
- * N° 32 : L'EXÉCUTRICE
- * N° 33 : LA PRÊTRESSE DU PHARAON
- * N° 34 : UN CANAL ROSE POUR CIBISTE
- * N° 35 : LES FANATIQUES DE LA VIDÉO
- * N° 36 : LES ANGES DE PIGALLE
- * N° 37 : SOSIES SUR MESURE
- * N° 38 : LA MARQUE DU TAUREAU
- * N° 39 : L'ÎLE AUX FEMMES
- * N° 40 : LA CHÂTELAINE DE L'ORDRE NOIR
- * N° 41 : LA PRINCESSE DES CATACOMBES
- * N° 42 : LA DISPARUE DE SUNSET BOULEVARD
- * N° 43 : LE PARFUM DE LA DAME EN GRIS
- * N° 44 : LES FEMMES MYGALES DE LA CÔTE D'IVOIRE
- * N° 45 : LA DANSE DES COUTEAUX
- * N° 46 : LES AMANTS DE SINGAPOUR
- * N° 47 : LA VEUVE DU LAC
- * N° 48 : LES FANTASMES DU NOTABLE
- * N° 49 : LA BÊTE DU LUBÉRON
- * N° 50 : CARNAVAL À VENISE
- * N° 51 : LES NUITS BLANCHES DE LA TOUR EIFFEL
- * N° 52 : LOVE TÉLÉPHONE
- * N° 53 : GOLF-PARTY
- * N° 54 : L'ENFER DU COLLECTIONNEUR

* N° 55 : LES SOMNAMBULES DU DOCTEUR MARLY
* N° 56 : LES ENVOÛTÉS DU MARABOUT
* N° 57 : LA TUEUSE D'HOMMES
* N° 58 : LA DIVA DU BOIS DE BOULOGNE
* N° 59 LA FOLIE DE BARBE-BLEUE
* N° 60 : LE MANIAQUE DU PARKING
* N° 61 : LE BATEAU DES FILLES PERDUES
* N° 62 : LE DÉMON DU PEEP-SHOW
* N° 63 : LES CHASSEURS DE MIREILLE
* N° 64 : LA PLAGE AUX NYMPHES
* N° 65 : NUITS DE CHINE
* N° 66 : LA FILIÈRE MEXICAINE
* N° 67 : LES SECRETS DE MADAME MAUD
* N° 68 : LA FEMME MASQUÉE
* N° 69 : TRANSPORT DE FILLES
* N° 70 : LA SECRÉTAIRE DU PATRON
* N° 71 : LA PANTHÈRE DES PALACES
* N° 72 : LES PROFANATRICES
* N° 73 : LA TENTATION DE CAROLINE
* N° 74 : LA LOUVE DES BEAUX QUARTIERS
* N° 75 : LES STRIP-TEASEUSES DU PETIT ÉCRAN
* N° 76 : LES MAÎTRESSES FEMMES DE SAINT-TROPEZ
* N° 77 : LE RODÉO DU PLAISIR
* N° 78 : LES PROIES DU COMMANDO
* N° 79 : LA FEMME-FAUCON
* N° 80 : LA TIREUSE D'ÉLITE
* N° 81 : LES VOIX DU DÉSIR
* N° 82 : LES TAXIS DE L'AMOUR
* N° 83 : L'ALLUMEUSE
* N° 84 : MAÎTRE ET ESCLAVE
* N° 85 : GIGOLO STORY
* N° 86 : LA CAVALIÈRE DE L'APOCALYPSE
* N° 87 : LES JEUX DÉFENDUS DE LA PRÉSIDENTE
* N° 88 : L'ÉVENTREUR AUX YEUX D'OR
* N° 89 : JEUNE FILLE AU PAIR
* N° 90 : L'INCONNU DU TRAIN BLEU
* N° 91 : LA CALL-GIRL DE MONTRÉAL
* N° 92 : LA GRANDE BOURGEOISE
* N° 93 : LE PIÈGE ESPAGNOL
* N° 94 : CLUB PRIVÉ
* N° 95 : LA SORCIÈRE DE POMPÉI
* N° 96 : VENGEANCE DE FEMME
* N° 97 : LA DEMOISELLE DE PETITE VERTU
* N° 98 : LE VAMPIRE DE BOURGOGNE
* N° 99 : LA CHIENNE DE LUXE
* N° 100 : L'ÉTALON DE SAUMUR
* N° 101 : FIANCÉES SUR CATALOGUE
* N° 102 : LA SIRÈNE DU LOCH NESS
* N° 103 : L'OGRE DE LA BAIE DES ANGES
* N° 104 : LES AMANTS MAUDITS
* N° 105 : LA VÉNUS DE BELLE-ÎLE
* N° 106 : LA BELLE DU CAP D'AGDE
* N° 107 : LE JUSTICIER DU BOIS DE BOULOGNE
* N° 108 : ÉCHANGE DE FEMMES
* N° 109 : LES NOCES INFERNALES
* N° 110 : LA VIE CACHÉE DU BANQUIER
* N° 111 : L'APPRENTIE SORCIÈRE
* N° 112 : DERNIER ROUND À MARSEILLE
* N° 113 : LES JARDINS DU PLAISIR
* N° 114 : DÉLIT D'INITIÉE
* N° 115 : LE GRAND PRÊTRE DES ARDENNES
* N° 116 : LES PASSIONS DU COLLECTIONNEUR
* N° 117 : LA PAPESSE D'AVIGNON
* N° 118 : LES BALLETS ROSES DE SAINT-MALO
* N° 119 : LA LETTRE DE L'ENFER
* N° 120 : FANTASIA POUR ROCK STAR
* N° 121 : L'ENRAGÉE DU CERCLE POLAIRE
* N° 122 : LE CLUB DES GIRONDINES
* N° 123 : LA POSSÉDÉE DE SÉVILLE
* N° 124 : LA REINE DU SCOOP
* N° 125 : LE TOUR DE FRANCE DU TUEUR DES PLAGES
* N° 126 : LA PUCELLE D'ORLÉANS
* N° 127 : LE PARC AUX LOUPS
* N° 128 : LA RELIGIEUSE DE BUDAPEST
* N° 129 : LES DÉLIRES DE L'INSOMNIAQUE
* N° 130 : LA LOLITA DU TGV
* N° 131 : LES CHASSES DE LA GRANDE CHARTREUSE
* N° 132 : LA DAME DE SHANGHAI
* N° 133 : LA LOI DU TALION
* N° 134 : LE BON PLAISIR DU ROI
* N° 135 : LES NUITS BLANCHES DE SAINT-PÉTERSBOURG
* N° 136 : UN CIRQUE D'ENFER
* N° 137 : LES FRASQUES DU NOTAIRE
* N° 138 : RÉSEAU EXTRA-CONJUGAL
* N° 139 : NOTRE-DAME DE CHARTRES
* N° 140 : LES FAVORITES DU GRAND TURC
* N° 141 : L'ARCHANGE DE FLORENCE
* N° 142 : LE FANTÔME DE L'OPÉRA
* N° 143 : LA DAME DE COMPAGNIE
* N° 144 : LE CHOUCHOU DE LA PROF
* N° 145 : SIMPLE DAMES À ROLAND-GARROS
* N° 146 : PARFUM DE STAR
* N° 147 : DÉRAPAGE EN FORMULE 1
* N° 148 : LES CHARMES DU BIZUTAGE
* N° 149 : POUPÉES SLAVES SANS VISA
* N° 150 : LES CHAÎNES DE LA PASSION
* N° 151 : NOBLESSE OBLIGE
* N° 152 : L'HOMME EN NOIR
* N° 153 : PAQUET-CADEAU POUR GENTLEMEN
* N° 154 : DANSEUSES À DOMICILE
* N° 155 : LE FAUVE DE L'OMBRE
* N° 156 : LA SCANDALEUSE DE LA CROISETTE
* N° 157 : LE SAUVAGE DE LA FRANCILIENNE
* N° 158 : BACCHANALES POUR UN MUTANT
* N° 159 : LE COUP DU PLAGISTE
* N° 160 : LE CALVAIRE DE CHARLES-HENRY
* N° 161 : LA PIEUVRE DE BIARRITZ
* N° 162 : LES DÉBORDEMENTS DE M. LE MAIRE
* N° 163 : LE BOUCHER DE LA RUE DES ÉCOLES
* N° 164 : LA VIERGE ÉTERNELLE
* N° 165 : LE FEU DES ENCHÈRES
* N° 166 : LA NURSE DU PROMOTEUR
* N° 167 : LA PETITE REINE DU TOUR
* N° 168 : LE DÉMON DE MINUIT
* N° 169 : LA VESTALE DU TEMPLE LUNAIRE
* N° 170 : SECRETS DE FAMILLE
* N° 171 : LA DRAG-QUEEN DE WESTMINSTER
* N° 172 : LE COMPLOT DES VEUVES
* N° 173 : LE PONT DES SOUPIRS
* N° 174 : LE BAL DES SORCIÈRES
* N° 175 : LES SŒURS DIABOLIQUES
* N° 176 : BONS BAISERS DE ROISSY
* N° 177 : BAGATELLE POUR PHOTOGRAPHE
* N° 178 : LA DÉESSE DE KATMANDOU
* N° 179 : MIRAGE POUR PRIX DE BEAUTÉ
* N° 180 : LES AVENTURIÈRES DU TROPHÉE PERDU
* N° 181 : LA GRIFFE DE L'ANGE
* N° 182 : CYCLONE À L'ÎLE MAURICE
* N° 183 : LA MORSURE DU RENARD
* N° 184 : LA PASSE SECRÈTE DU TORERO

* N° 185 : LE PHILTRE D'AMOUR
* N° 186 : LE TRAQUENARD INDONÉSIEN
* N° 187 : LE SEIGNEUR D'AUDIERNE
* N° 188 : LA CLINIQUE DU DOCTEUR MOREAU
* N° 189 : LA MASCOTTE DU MONDIAL
* N° 190 : LA FEMME INTERDITE
* N° 191 : LE COUP DE FOLIE D'EMMANUELLE
* N° 192 : LE MUSÉE SECRET
* N° 193 : GEISHA SUR CANAPÉS
* N° 194 : ESCAPADES PRÉSIDENTIELLES
* N° 195 : LE LOUP DANS LA BERGERIE
* N° 196 : LES BICHES DE RAMBOUILLET
* N° 197 : LA PISTE DE LA FÉLINE
* N° 198 : LE FIL DU RASOIR
* N° 199 : LE TRAVESTI D'HALLOWEEN
* N° 200 : LES SORTILÈGES DU CASTRAT
* N° 201 : L'ÉNIGME DU GRAND HÔTEL
* N° 202 : SECRETS D'ALCÔVE
* N° 203 : UNE CERTAINE MADAME EDWARDA
* N° 204 : LA DIABLESSE DES ALPILLES
* N° 205 : LES FILLES DE FRANKENSTEIN
* N° 206 : LA VILLA DU CAP D'ANTIBES
* N° 207 : LA SÉQUESTRÉE DES FRANCOFOLIES
* N° 208 : LA COMPAGNIE DES FILLES SANS VOILE
* N° 209 : LA VIDÉO MAUDITE
* N° 210 : LE FRUIT DÉFENDU
* N° 211 : BACCHANALES AUX BAHAMAS
* N° 212 : L'ENLÈVEMENT DES SABINE

N° 213 : LA NUIT DU TOP MODEL
N° 214 : LA MADONE DES CHANTIERS
N° 215 : LES SERVANTES D'APHRODITE
N° 216 : LA SECTE DU CIGARE
N° 217 : LA DOUBLE VIE DU PATRON
N° 218 : LA FORTERESSE DES VOLUPTÉS
N° 219 : L'ALCHIMISTE DU DÉSIR
N° 220 : LES TROPHÉES DU GUERRIER
N° 221 : LES VEUVES NOIRES DU GOLF
N° 222 : LE SWING DE LA COMTESSE NOIRE
N° 223 : LA JUSTICIÈRE DE STRASBOURG
N° 224 : LES COULISSES DU POUVOIR
N° 225 : LA MUSE DU PEINTRE FOU
N° 226 : LE FANTASME DU MANNEQUIN
N° 227 : LA FÉE DES SANS-LOGIS
N° 228 : LA THALASSO DU PLAISIR
N° 229 : LE PURGATOIRE DES ANGES DÉCHUS
N° 231 : SOURICIÈRE POUR UNE CALL-GIRL

MICHEL BRICE

BRIGADE MONDAINE

L'AUTOROUTE DU CYBERSEXE

VAUVENARGUES

Les dossiers Brigade Mondaine de cette collection sont fondés sur des éléments absolument authentiques. Toutefois, pour les révéler au public, nous avons dû modifier les notions de temps et de lieu ainsi que les noms des personnages ;
Par conséquent, toute ressemblance avec des personnes existantes ou ayant existé serait totalement involontaire et ne relèverait que du hasard...

Le Code de la propriété intellectuelle n'autorisant, aux termes de l'article L. 122-5 2° et 3° a), d'une part, que les « copies ou reproductions strictement réservées à l'usage privé du copiste et non destinées à une utilisation collective », et d'autre part, que les analyses et les courtes citations dans un but d'exemple ou d'illustration, « toute représentation ou reproduction intégrale ou partielle, faite sans le consentement de l'auteur ou de ses ayants droit ou ayants cause, est illicite » (article L.122-4).
Cette représentation ou reproduction, par quelque procédé que ce soit, constituerait donc une contrefaçon sanctionnée par les articles L. 335-2 et suivants du Code de la propriété intellectuelle.

©CEGEP/VAUVENARGUES 2003.
ISBN : 2 7443 0854 4

Chapitre premier

Julie-Aude Sibrezac écarta le rideau de plastique translucide, et, le corps scintillant de mille gouttelettes d'eau diaprée, sortit de la douche, aussi nue qu'au jour de sa naissance.

Comme à chaque fois, elle ressentit un petit pincement du côté du cœur, suivi d'une bouffée de chaleur au visage, lorsque ses yeux se posèrent sur l'une des trois caméras qui filmaient en permanence tout ce qui se passait dans la salle de bain où elle se trouvait.

Des caméras derrière lesquelles, quelque part, invisibles, anonymes, jeunes ou vieux, riches ou pauvres, des hommes qu'elle ne connaissait pas étaient en train de la mater, de « flasher » son corps nu d'adolescente à peine pubère. Ou, du moins, qui *ressemblait* à celui d'une adolescente à peine pubère. Car Julie-Aude Sibrezac avait fêté ses 21 ans quelques semaines plus tôt. Seulement, avec ses hanches étroites comme celles d'un garçon, ses seins à peine renflés, son torse et ses cuisses maigres, ses omoplates légèrement saillantes, on ne lui donnait généralement pas plus de 14 ou 15 ans.

Et puis, il y avait cette particularité dont elle était dotée, cette « anomalie génétique », qui l'avait terriblement complexée durant les premières années de son adolescence, mais que, petit à petit, elle avait appris à manier comme une arme de séduction, et non plus comme un handicap.

Julie-Aude saisit sa serviette-éponge rose pâle sur le porte-serviettes chauffant, et commença à sécher son corps mince et juvénile, en essayant de ne pas regarder les objectifs des caméras braqués sur elle.

Ce que les internautes qui se connectaient sur le site *www.nymfolies.com* appréciaient, dans la « Cité U », c'est que les filles avaient l'air de vivre naturellement, sous leurs yeux. Comme si elles ignoraient que quarante-trois caméras — dont une douzaine capable de filmer dans le noir complet — épiaient vingt-quatre heures sur vingt-quatre leurs moindres faits et gestes, y compris les plus intimes.

Un pied sur le rebord du bidet de faïence bleu ciel, Julie-Aude essuyait lentement, consciencieusement, l'intérieur de ses cuisses à la peau très blanche. Le sang battant à ses tempes, environnées de mèches de cheveux blonds coupés courts, comme fouettée par les regards invisibles qui la cernaient, elle laissait ses doigts effleurer le beau fruit lisse et totalement imberbe, niché tout en bas de son ventre, avant de remonter le long de son ventre plat, vers ses seins minuscules, à peine plus renflés que ceux d'une pré-ado d'une douzaine d'années. À cette différence près que les siens s'enorgueillissaient de deux mamelons rose tendre, durcis et tendus sous le contact un peu rêche de la serviette.

Lorsqu'elle fut sèche des pieds à la tête, Julie-Aude attrapa la petite culotte de coton blanc qu'elle avait préparée sur le porte-serviette, et l'enfila lentement, en prenant bien soin de se placer dos à la caméra qui se trouvait fixée à droite du lavabo : les « flashers » (c'est comme ça que s'appelaient entre eux les abonnés du site *www.nymfolies.com*) adoraient généralement voir disparaître la croupe des filles sous le tissu de leurs petites culottes…

De toute façon, pour ceux d'entre eux qui, plutôt que sur le « derrière » préféraient se concentrer sur le « devant », il y avait aussi une caméra au-dessus de la porte, capable de leur offrir une vue imprenable sur l'intimité des filles de la Cité U.

« Combien est-ce qu'ils peuvent être, en ce moment ? », se demanda soudain Julie-Aude, en enfilant la petite jupe plissée bleu marine qu'elle avait choisie le matin même dans sa garde-robe personnelle.

C'était une question qu'elle n'arrêtait pas de se poser, depuis trois semaines qu'elle était entrée à la cité U : combien y avait-il d'hommes invisibles – d'hommes ou de femmes, d'ailleurs… – qui la mataient, tandis qu'elle prenait sa douche, s'habillait, se déshabillait ? Combien qui la regardaient faire la vaisselle ou la bouffe, dans la cuisine commune ? Combien qui ne pouvaient détacher leurs yeux de leur écran d'ordinateur, tandis qu'elle était juste occupée à lire, dans le grand salon commun, ou à discuter de choses sans intérêt, avec l'une ou l'autre des douze filles de la Cité U (huit pensionnaires, et quatre demi-pensionnaires dont elle faisait partie) ?

Les « anciennes » de la Cité U lui avaient assuré que, très vite, elle cesserait de se poser ce genre de questions. Qu'elle finirait par ne même plus réaliser qu'effectivement, il y avait constamment des types pour mater leurs faits et gestes les plus intimes, de nuit comme de jour. Julie-Aude avait eu du mal à le croire, au début, mais les filles lui avaient affirmé que c'était vrai : certains internautes abonnés étaient capables de rester des heures d'affilée devant leur écran, la nuit, *simplement à regarder les pensionnaires dormir* !

Après avoir replacé sa serviette sur le radiateur lisse et blanc, Julie-Aude Sibrezac quitta la salle de bain envahie d'une vapeur épaisse et saturée d'eau, traversa le petit couloir, puis le vestibule d'entrée, avant de pénétrer dans le grand salon. Elle repéra tout de suite Christine et Djamila, en train de se chuchoter des trucs à l'oreille, ponctuant leurs murmures de petits éclats de rire aigus et brefs.

Christine portait une minijupe de Skaï rouge vif, tandis que Djamila, qui avait occupé la salle de bain peu de temps avant elle, avait simplement noué une serviette sur ses hanches en amphore, serviette-éponge dont le blanc immaculé tranchait avec sa peau couleur de miel des montagnes. Les deux filles avaient les seins nus, tout comme Julie-Aude elle-même.

Normal, puisque, aujourd'hui, lundi 2 septembre, était une journée « topless ». Ainsi en avait décidé Geneviève Cripure, la « surveillante » de la « Cité U ».

Une surveillante que, à part elle, Julie-Aude Sibrezac appelait : « la mère maquerelle ». Ou encore, quand elle était vraiment de mauvais poil : « Fraulein SS[1] »

— Tiens, voilà la Vierge lisse ! s'exclama Djamila, avec un grand sourire, en voyant Julie-Aude entrer dans le salon.

Elle s'écarta un peu de Christine, et tapota le velours vieil

---

1 "Mademoiselle SS", en allemand...

or du canapé, pour inciter Julie-Aude à venir s'asseoir entre elles deux.

Julie-Aude resta une seconde ou deux immobile au milieu de la pièce, à regarder les deux filles. Elles étaient copines au point de partager la même chambre, et pourtant, il était difficile d'imaginer deux personnes plus dissemblables.

Djamila, de par ses origines tunisiennes, était très brune, une merveilleuse peau chocolat au lait, deux grands yeux noirs. Son corps était tout en rondeurs lascives, ses hanches larges et accueillantes ; et ses seins, un peu trop lourds et légèrement tombants, agrémentés de larges aréoles presque violettes, accentuaient encore cette impression de sensualité capiteuse qu'elle dégageait.

Tout au contraire, Christine était une blonde tout en longueur, aux jambes interminables, à la peau très pâle, presque translucide. Sa poitrine était menue, mais admirablement modelée et haut placée, agrémentée de petits mamelons rose foncé, le plus souvent dressés à l'horizontale, comme sous l'effet d'une perpétuelle stimulation érotique.

Quant à leurs ventres, là encore les deux colocataires de la chambre dite « de Cupidon » présentaient le plus abrupt des contrastes. L'intimité de Christine était à peine voilée par un mince rideau d'or pâle, alors que le beau fruit gorgé de sève de Djamila était entièrement invisible sous l'efflorescence touffue et sombre qui s'épanouissait et proliférait quasiment du haut de ses cuisses jusqu'à son nombril. Une luxuriance que, quelques années plus tôt, Julie-Aude Sibrezac lui aurait mortellement enviée…

Alors ? « Ils » ne sont toujours pas là ? demanda la jeune beurette, quand Julie-Aude se fut assise entre elles deux, déclenchant le rire de Christine. Fais voir : des fois qu'« ils » auraient poussé pendant la nuit… Ou sous la douche, vu que tu viens de « les » arroser !

Le rire de Christine redoubla. Durant une fraction de seconde, Julie-Aude ressentit un certain agacement, qui se traduisit par une sorte de léger rictus faisant remonter la commissure gauche de ses lèvres minces.

Elle aimait bien Djamila, elle la trouvait plutôt rigolote, bonne copine, facile à vivre – ce qui n'était pas forcément le cas de toutes les pensionnaires de la Cité U – , mais parfois, son humour « à la truelle », et basé sur la répétition des mêmes gags, lui pesait un peu.

Et notamment, celui qu'elle venait de lui faire à l'instant. En même temps, Julie-Aude savait bien que ça faisait partie du jeu. Que, sous couvert d'une plaisanterie innocente « entre filles », elles allaient offrir un petit moment croustillant aux abonnés de *www.nymfolies.com*, aux quelques dizaines d'hommes planqués derrière leurs écrans d'ordinateur, qui les dévoraient des yeux, par le truchement des huit caméras réparties dans le salon. Un salon dont les trois fenêtres donnant sur la rue étaient hermétiquement fermées et bouchées par d'épais volets de bois pleins.

— Tu nous fais voir ? insista Djamila d'une voix plus sourde, en posant sa main aux ongles mauves sur les cuisses maigres et blanches de Julie-Aude, qui eut un léger sursaut, au contact de la paume douce et tiède. On ne sait jamais : « ils » vont peut-être finir par venir.

— Alors, ça, c'est un truc auquel je ne crois plus depuis longtemps… soupira Julie-Aude, en entrant dans le jeu. Mais si ça vous dit de vérifier, vous gênez pas, les filles !

Docile, Julie-Aude laissa Djamila retrousser sa jupette plissée bleu marine, dévoilant le coton blanc de sa petite culotte.

— Alors, là, il n'y a vraiment que toi pour porter des sous-vêtements aussi « ringues » ! s'exclama Christine, en battant des mains. C'est vraiment anti-érotique au possible, on dirait une culotte de morveuse ! Ça doit faire débander les mecs un maximum, non ?

— T'as vraiment rien compris, toi ! la rembarra Djamila, avec un petit clin d'œil complice en direction de Julie-Aude. C'est son style, ça, le look gamine. Les mecs, ça doit leur coller une trique d'enfer, au contraire !

Djamila enlaça Julie-Aude par les épaules et, en écrasant ses gros seins nus contre elle, l'embrassa doucement à la base du cou, la faisant frissonner :

— Je me trompe, ma chérie ? Dis-lui, à cette idiote, que ça les rend dingues, les mecs, ta petite culotte de bébé et ton petit ventre de Vierge lisse…

Julie-Aude sentait l'haleine chaude, et parfumée au menthol des cigarettes que Djamila fumait, caresser la peau veloutée de son cou, et elle en ressentait un trouble de plus en plus grand. D'autant que, en même temps, la jeune beurette avait laissé sa main glisser sa cuisse. De plus en plus haut, sur sa cuisse.

Et tout cela sous l'œil impavide, fixe, rond et noir des huit caméras qui tournaient sans cesse, et enregistraient tout, avec une parfaite indifférence de machine…

— Cambre-toi, que je puisse baisser ta culotte… souffla Djamila d'une voix un peu plus rauque, tandis qu'un drôle de sourire s'était mis à flotter sur les lèvres de Christine.

Le cœur battant la chamade, Julie-Aude s'exécuta., en

essayant de ne pas penser à tous les hommes qui, à l'autre bout des caméras du salon, devaient commencer à sérieusement s'exciter, devant leur écran. Peut-être même certains s'étaient-ils déjà déboutonnés et se...

Julie-Aude fit un réel effort pour chasser les pensées de plus en plus obsédantes qui tournoyaient dans son esprit surchauffé. Elle sentit à peine sa petite culotte de coton blanc glisser le long de ses cuisses maigrichonnes. Les yeux baissés, pour ne pas voir les caméras braquées sur le canapé, elle écarta légèrement les jambes, pour dévoiler aux deux autres filles le bas de son ventre.

Son ventre dénué de toute pilosité, qui lui avait valu, de la part de Djamila, le surnom de « Vierge Lisse ».

Julie-Aude ne put retenir un gémissement, lorsque les doigts de Christine effleurèrent le fruit rouge et gonflé de son intimité délicatement fendue.

— Dis donc ! mais c'est qu'elle est toute mouillée, cette petite cochonne ! s'exclama la grande blonde, d'une voix un peu traînante, avec des relents d'accent « banlieusard ». Me dis pas que tu serais gouine, quand même ?

— Mais non, elle est pas gouine ! la rabroua Djamila, avec un haussement d'épaules. Pas plus que toi, d'ailleurs. Ça n'empêche pas que, certains soirs, sous prétexte que tu as peur dans le noir, tu me rejoignes dans mon lit. Et alors...

— Eh ! arrête ! protesta Christine, en faisant semblant d'être choquée. Tu ne vas quand même pas raconter nos petits secrets nocturnes à tout le monde, non ?

Djamila reporta son attention sur le ventre de Julie-Aude, offert au regard fixe et indifférent des caméras, mais aussi au sien, beaucoup plus mobile et pétillant.

— N'empêche qu'« ils » ne se sont toujours pas décidés à pousser, soupira-t-elle, en effleurant à son tour le ventre lisse et luisant de Julie-Aude, dont la tête s'était renversée contre le dossier du canapé de velours.

Il régnait dans le salon la même chaleur confinée que d'ordinaire, qui lui faisait perler une fine transpiration aux tempes. En plus, l'air était comme alourdi par les différents parfums ou eaux de toilettes dont les filles s'aspergeaient, ce qui contribuait à créer une atmosphère de harem. C'est du moins l'impression qui s'était spontanément présentée à l'esprit de Julie-Aude Sibrezac, le premier jour de son entrée à la cité U, trois semaines plus tôt.

Donc, « ils » n'avaient pas poussé. Les yeux mi-clos, Julie-Aude eut un petit sourire. C'est plutôt le contraire qui aurait été un « scoop ».

« Ils », c'était ses poils. Ou, plus exactement, les poils qu'elle aurait dû avoir, comme toutes les filles, et qu'elle n'avait jamais eus.

« Anomalie génétique », avaient fini par conclure les médecins – spécialistes en tous genres – que ses parents lui avaient fait consulter, durant toute son adolescence. Mais, en général, ils disaient ça d'un ton tellement peu convaincu que Julie-Aude sentait bien que c'était plutôt histoire de ne pas rester totalement muets devant cette étrangeté : une fille qui, à l'exception des cheveux et des cils, ne présentait pas la plus petite trace de système pileux sur tout le corps.

Pas de sourcils, pas de poils sous les aisselles, pas de duvet sur les bras ou les jambes. Et, bien entendu, pas le moindre non plus en bas du ventre.

Jusqu'à environ 17 ou 18 ans, Julie-Aude en avait

vraiment souffert. Elle avait l'impression que, pendant que toutes ses copines devenaient des femmes, elle était condamnée à rester une gamine. Elle se sentait comme celle qui est arrivée au port trop tard et qui, depuis le quai d'embarquement, seule, regarde ses copines s'éloigner sur le paquebot qui les emmène en croisière…

Cette impression était aggravée par le fait que, ironie du destin, son corps ne se développait pas non plus exactement comme celui des autres filles. Ses hanches restaient obstinément étroites au lieu de s'évaser, ses seins refusaient de s'arrondir, ou alors si peu.

Bref, à 18 ans, Julie-Aude Sibrezac ressemblait à une gamine de 13 ans, 14 maximum. Le genre que, au lycée, puis en fac, aucun mec ne regarde. Ce qui la plongeait dans des abîmes de désespoir. Car, dans sa tête et dans son corps, la puberté avait bel et bien eu lieu. Comme toutes les autres, elle s'était mise à s'intéresser aux garçons, à éprouver des désirs jusque-là inconnus. Et, le soir, dans le secret de son lit d'adolescente, ses mains fébriles trouvaient de plus en plus facilement le chemin de son ventre…

Et puis, un jour, c'était peu après son dix-huitième anniversaire, elle avait fait la connaissance d'André. C'était un « vieux » de 31 ans. Ce qu'il faisait à la fête organisée par Claire, dans l'appartement de ses parents, en plein centre de Toulouse, Julie-Aude ne l'avait vraiment bien su. Toujours est-il qu'il était là. Et que, dès le début de la soirée, il ne s'était intéressé qu'à elle. Julie-Aude n'en croyait pas ses yeux : pourquoi ce grand brun, au sourire ravageur et taillé en athlète passait-il tout son temps à lui « coller au train », plutôt que d'emballer l'une des filles « canons » présentes à la fête de Claire, et dont beaucoup lui envoyaient des signaux tout à fait déchiffrables, et parfaitement sans équivoque, quant à ce qu'elles auraient aimé faire avec lui ?

À la fin de la soirée, André lui avait proposé de la raccompagner chez ses parents, rue Gambetta, juste derrière la place du Capitole, avec sa voiture. Dans un souffle, Julie-Aude avait dit « oui ». Bien que l'appartement des parents de Claire se trouve place des Puits-Clots, à moins de deux cents mètres de chez elle.

Ils n'étaient pas allés *directement* rue Gambetta. Sans rien lui demander, comme si la chose était évidente, André l'avait conduite chez lui, dans le petit deux-pièces qu'il occupait rue des Amidonniers, entre la Garonne et le canal de Brienne. La porte à peine refermée, il l'avait enlacée et l'avait couverte de baisers passionnés. Auxquels Julie-Aude avait répondu, d'abord maladroitement, puis avec de plus en plus de fièvre.

Sauf que, très vite, André avait essayé de la déshabiller. Et là, Julie-Aude avait renâclé. Non pas par manque de désir, au contraire : elle mourait d'envie de sentir les mains et le souffle brûlant d'André se promener sur sa peau frémissante et nue. Elle redoutait et désirait à la fois sentir s'enfoncer en elle cette barre dure et frémissante qui s'appuyait impérieusement contre son ventre, et n'était séparée d'elle que par la double épaisseur de leurs deux pantalons.

Seulement voilà…

Seulement, pour ça, il aurait fallu se montrer nue aux yeux d'André. Lui dévoiler son corps maigre et à peine formé. Et surtout, lui laisser découvrir son pubis vierge de toute toison ; cette toison intime dont elle croyait fermement qu'elle était le symbole exclusif de la féminité.

Quand elle avait enfin trouvé le courage d'avouer à André pourquoi elle refusait qu'il la déshabille, son regard s'était mis à lancer des éclairs de désir encore plus sauvages.

Et, d'abord avec des mots, puis avec des actes, il lui avait fait comprendre que, pour lui, rien n'était plus beau qu'un corps de femme absolument lisse, vierge de toute pilosité qui, à ses yeux, ne pouvait être associée qu'à l'univers masculin, ce qui le bloquait complètement.

Cette nuit-là, en repartant de chez André – qu'elle n'avait plus jamais revu –, Julie-Aude Sibrezac avait compris que son « anomalie génétique », loin d'être un obstacle à une vie sexuelle épanouie, pouvait au contraire lui ouvrir des horizons nouveaux, et mettre à ses pieds toute une catégorie d'hommes particulièrement ardents…

— Eh bien ! les filles ? claironna une voix grave, un peu métallique. qu'est-ce que c'est que cette tenue ? Vous avez idée de l'heure qu'il est ?

Perdue dans ses rêveries, Julie-Aude sursauta, ouvrit les yeux, tandis que Djamila rabattait précipitamment sa jupe plissée sur ses cuisses blanches.

Geneviève Cripure, la surveillante de la cité U, la « mère maquerelle » – alias « Fraulein SS » – venait d'entrer dans le salon.

Contrairement au « thème » de la journée, qu'elle avait elle-même édicté, Geneviève Cripure, une superbe brune d'une trentaine d'années, ne se promenait pas les seins nus. C'était son privilège de surveillante, justement, de pouvoir déambuler dans la grande maison aux volets impeccablement clos dans son éternel tailleur Saint-Laurent.

— Djamila et Christine, je vous rappelle que c'est vous qui êtes chargées du dîner, aujourd'hui : il faudrait peut-être songer à vous rapatrier en cuisine, non ? poursuivit Geneviève Cripure de sa voix toujours un peu sèche. Quant à toi, Julie-Aude, passe me voir un moment à la nurserie, avant de prendre ton dernier tour de « chat [1]»

— Fais chier par moments, celle-là ! grogna Djamila, quand la surveillante fut sortie du salon. Bon, tu viens, Christine ? Si on s'occupe pas tout de suite de cette putain de tambouille, elle va nous faire un caca nerveux, la vieille !

Après avoir bondi hors du canapé, ce qui fit osciller lourdement ses deux gros seins aux larges aréoles violettes, Djamila se tourna vers Julie-Aude avec un petit sourire et soupira :

— Ah ! là là ! tu ne sais pas le bol que tu as de pouvoir retrouver ta liberté tous les soirs !

— Libre, peut-être, répliqua Julie-Aude, en se levant à son tour... mais nettement moins bien payée que vous ! Je vous rappelle que vous vous faites plus de deux mille euros pour vivre ici à temps plein, alors que je dois me contenter de sept cents !

Sa repartie laissa sans voix Djamila et Christine, qui filèrent en direction de la cuisine. Quant à Julie-Aude, elle se dirigea vers la « nurserie », où l'attendait Geneviève Cripure. La nurserie, située juste à droite de la porte d'entrée de la maison, c'était la seule pièce qui ne comportait aucune

---

1 Chat (prononcer "tchatt) : mot anglais désignant un forum de discussion, où tous les internautes connectés en même temps peuvent dialoguer, ou "multiloguer" en temps réel. Beaucoup de chats ont un caractère érotique, quand ce n'est pas franchement porno...

caméra, ni le moindre micro. C'est là, en général, que « Fraulein SS » convoquait l'une ou l'autre des filles quand elle avait des reproches à lui faire. Ou pour tout autre chose encore…

Tout en remontant le long couloir qui séparait pratiquement toute la maison en deux, dans le sens de la longueur, Julie-Aude rectifia mentalement ce qu'elle venait de penser : non, la nurserie n'était pas exactement la seule pièce à être dépourvue de caméras. Il y en avait deux autres, nettement plus petites, une au rez-de-chaussée, l'autre à l'étage.

Les toilettes.

Ou, tout au moins, deux des quatre WC mis à la disposition des pensionnaires de la Cité U. Car les deux autres « petits coins » étaient, eux, équipés d'une « *spy cam* », une caméra espion fixée au-dessus de la porte. et dont l'objectif était braqué droit sur la lunette de plastique blanc…

Le premier jour de son arrivée, Julie-Aude avait été effarée de voir que la plupart des filles utilisaient de préférence les WC équipés de caméras. C'est Djamila qui, dès le lendemain, lui avait donné la raison :

— Au début, c'est vrai, on trouve toutes ça dégueu, d'aller pisser, ou même pire, en sachant que des vicelards nous matent. Mais, petit à petit, et assez vite finalement, tu verras, on en arrive à considérer qu'ils font partie de notre vie, tous ces types qu'on ne voit jamais, mais qui, eux, savent absolument tout de nos faits et gestes. Du coup, il arrive un moment où on a l'impression que c'est de se cacher pour aller aux toilettes qui devient contre nature. C'est comme si on leur volait quelque chose, comme si on se mettait à les traiter par le mépris, tous nos mateurs. C'est assez difficile à expliquer, en fait…

Julie-Aude avait compris ce que Djamila voulait dire. Néanmoins, pour l'instant, elle ne s'était toujours pas résignée à se rendre dans l'une des toilettes équipées de web cams[1]...

Après avoir frappé deux coups discrets à la porte de la nurserie, elle l'ouvrit sans attendre de réponse, comme c'était la règle ici.

La règle…

Ce n'était pas ce qui manquait, les règles, à la Cité U, Julie-Aude n'avait pas tardé à s'en apercevoir. C'est par le plus grand des hasards, un soir qu'elle « surfait » sur le net, comme on dit, dans son studio du boulevard Vincent-Auriol du 12e arrondissement de Paris, qu'elle avait découvert l'existence de *www.nymfolies.com*. Elle avait déjà entendu parler de ces sites, assez nombreux aux Etats-Unis, depuis quelque temps, dont le principe était, en quelque sorte, calqué sur le même principe que la célèbre émission de télé-réalité baptisée *Loft Story* : un groupe de filles vivant 24 heures sur 24 dans une maison truffée de caméras, toutes reliées en permanence à un site internet, sur lequel n'importe qui pouvait se connecter – moyennant un abonnement, bien sûr. Mais elle ignorait que la chose avait débarqué en France.

Et Julie-Aude avait tout de suite vu là un moyen extrêmement drôle et efficace d'adresser une sorte de « bras d'honneur moral » à son père. Ce père dont la seule chose qui l'empêchait de le détester vraiment était le profond mépris qu'il lui inspirait.

---

1 *Web cam* : caméra reliée directement au réseau Internet (en anglais : *web*).

Renaud Sibrezac. *Monsieur* Renaud Sibrezac. Influent sénateur du Sud-Ouest de la France, connu pour ses prises de positions rigoristes, pour sa « croisade », comme il disait lui-même, contre tout ce qui pouvait ressembler de près ou de loin à de la pornographie : films X à la télé, prostituées dans les rues de « nos » villes, publicités aguicheuses, et tout le toutim.

Le problème – Julie-Aude l'avait brutalement compris vers 15 ou 16 ans, à l'âge où les yeux des enfants s'ouvrent enfin –, le problème c'est que cette belle droiture morale n'empêchait pas *monsieur* Renaud Sibrezac de tromper outrageusement sa femme, et ce depuis des années. De préférence avec de pauvres filles ramassées dans la rue, qu'il attirait à coup de belles promesses, puis congédiait avec quelques billets de banque, après les avoir soumises à tous ses caprices.

Le jour où Julie-Aude avait compris qui était vraiment son « respectable » père, qu'elle avait réalisé que sa mère était parfaitement au courant du rôle peu reluisant qu'il lui faisait jouer, mais qu'elle se taisait par peur du scandale, elle en avait conçu un incommensurable mépris pour cet homme qui faisait exactement ce qu'il prétendait interdire aux autres, à ses « chers électeurs ».

Alors, lorsqu'elle avait découvert le site *www.nymfolies.com*, elle avait aussitôt expédié un e-mail à l'adresse électronique indiquée, afin de poser sa candidature. Et, à l'issue d'un entretien préliminaire avec Patrick Villedouin, le patron du site, et Geneviève Cripure, son bras droit, elle avait été embauchée, en tant que demi-pensionnaire, à la Cité U.

La Cité U – abréviation de « Cité universitaire » –, c'était le nom de la grande maison aux volets clos, située dans la boucle de la Seine de Villeneuve-la-Garenne, où vivaient les filles. Patrick Villedouin avait adopté ce nom, simplement parce que ses employées étaient censées – pour les abonnés – être des étudiantes qui avaient trouvé ce moyen pour financer leurs études.

En réalité, il n'avait pas fallu plus de quarante-huit heures à Julie-Aude pour comprendre qu'en fait d'études, la plupart des filles étaient plutôt des habituées des peep-show, prostituées occasionnelles, starlettes de films X, modèles pour photos « de charmes », etc. Bref, le menu fretin de l'immense marché du sexe.

Sauf elle.

Elle, Julie-Aude Sibrezac, était la seule authentique étudiante – en psychologie comportementale –, et fille de famille qui plus est. Elle ne faisait même pas ça pour l'argent, dans la mesure où les sept cents euros que lui rapportait la Cité U représentaient à peine le tiers de ce que lui allouait mensuellement *monsieur* Renaud Sibrezac, pour subvenir à ses besoins.

Quand ils l'avaient rencontrée la première fois, Patrick Villedouin et Geneviève Cripure l'avaient engagée sans discuter. D'abord à cause de son « look » de fille à papa, justement. Parce qu'elle ne « faisait pas pute ».

Mais surtout, en raison de son « anomalie génétique », que Julie-Aude, légèrement rougissante quand même, leur avait complaisamment exhibée, au milieu du bureau de Villedouin.

— C'est de l'or en barre, avait murmuré « Fraulein SS »,

le visage très rouge, les yeux braqués sur le ventre lisse et doux de Julie-Aude. Tous les mecs qui rêvent de s'envoyer une gamine sans oser passer à l'acte – Dieu merci ! – vont se ruer sur le site pour la voir se balader à poil sur leur écran...

Patrick Villedouin lui avait signé son contrat dans l'heure : sept cents euros par mois, pour six heures de présence à la Cité U, englobant le repas de midi. Chaque jour, elle serait libre de s'en aller à six heures du soir.

Au début, Julie-Aude s'était dit qu'elle allait passer deux ou trois jours maximum dans la maison de Villeneuve-la-Garenne, juste histoire de voir à quoi ça ressemblait. Elle n'avait même pas l'intention de faire en sorte que son père soit mis au courant : elle voulait juste se prouver à elle-même qu'elle était capable de lui dire « merde » moralement.

Et puis, au fil des jours, l'incroyable s'était produit : elle y avait pris goût. Petit à petit, elle avait ressenti un plaisir de plus en plus grand – et de plus en plus trouble – à agir en toutes circonstances comme si elle était bien à l'abri des regards, derrière les volets clos de la Cité U, tout en sachant que des dizaines d'yeux masculins invisibles épiaient ses moindres gestes, détaillaient avidement les moindres parcelles de son corps.

Et, au bout de la première semaine, lors des séances de chat , elle n'hésitait plus à prendre les postures les plus osées, voire franchement obscènes, que lui réclamaient les abonnés en ligne.

Et, lors de ces dialogues parfois torrides, il lui était arrivé deux ou trois fois d'être fauchée par un orgasme inouï, plus fort et violent que tout ce qu'elle avait pu ressentir auparavant…

— Ah ! c'est toi ? Entre… fit la voix métallique de Geneviève Cripure, assise derrière le grand bureau qui occupait une bonne moitié de la petite pièce rectangulaire.

Instinctivement, Julie-Aude braqua son regard en direction de la fenêtre. La seule de toute la maison qui ne soit pas aveuglée par des volets. Au-delà, on distinguait la petite rue déserte, puis, en contrebas, la Seine, et, au-delà, sur l'autre rive, les immeubles de L'Île-Saint-Denis.

En raison de la douceur de ce début septembre, la fenêtre en question était grand ouverte, et les narines de Julie-Aude se dilatèrent pour humer l'odeur de gazon fraîchement tondu qui pénétrait dans la nurserie. Ses oreilles perçurent un bruit de scooter pétaradant dans le lointain, et, beaucoup plus près, des voix de jeunes, ponctuées d'un rire aigu de fille.

Eux, ils étaient dans la vraie vie… Tandis qu'elle se mouvait dans un univers minuscule et totalement factice. Un monde très bizarre parce que, à cause des volets fermés, il paraissait hermétiquement clos, alors que, par le biais des webcams et d'internet, n'importe qui, à tout moment, pouvait y pénétrer, *quel que soit l'endroit de la planète où il se trouvait.*

— Approche un peu, Sissi ! ordonna Geneviève Cripure, en faisant pivoter son fauteuil de cuir noir monté sur six roulettes en étoile.

Sissi, c'était le « nom de guerre » que Julie-Aude s'était choisi, en entrant à la Cité U. Si ça n'avait tenu qu'à elle, elle aurait bien gardé son vrai prénom. comme ça, par bravade. Mais il fallait un pseudo : c'était la règle.

Encore une règle…

Il y en avait d'autres : pas de drogues dans la Cité U, pas de mecs après dix heures du soir, interdiction de dire du mal de la « production », interdiction d'entrer en contact réel avec un abonné, etc.

Et puis, il y avait les obligations,. comme par exemple les journées « à thèmes », lesquels étaient fixés par Geneviève Cripure. Il y avait les journées « paréo », les journées « maillot de bain », les journées « topless », etc. Aucune fille n'était obligée de se soumettre au thème du jour. Mais, dès le début, Djamila avait fait comprendre à Julie-Aude qu'il valait mieux s'y soumettre, si on voulait faire de vieux os dans la cité U,. et, à plus de deux mille euros par mois, pour les pensionnaires, la plupart des filles étaient prêtes à beaucoup de choses pour pouvoir rester.

Julie-Aude contourna le grand bureau et se planta devant Geneviève Cripure. D'un rapide regard, elle constata que sa jupe de tailleur était remontée un peu trop haut sur ses cuisses pleines et bronzées, et que le premier bouton de sa veste était défait, laissant apercévoir les globes fermes de sa poitrine, soutenus par un fin soutien-gorge à balconnets de dentelle noire.

Simple hasard, ou détails étudiés ? Geneviève Cripure avait la réputation, parmi les pensionnaires, d'être un peu « gouine sur les bords ». Mais comme aucune d'elles n'avait été capable de lui donner des preuves concrètes de ce type de penchants, Julie-Aude considérait ça comme une simple rumeur, jusqu'à preuve du contraire.

— Qu'est-ce que c'était que cette tenue indécente, tout à l'heure, dans le salon ? demanda durement Geneviève, alors que son genou rond effleurait comme par mégarde la jambe de Julie-Aude. Combien de fois faudra-t-il vous répéter, à toutes, que vous devez vous comporter comme des étudiantes *normales* ? Des colocataires *ordinaires* ! C'est ça qui excite nos abonnés, ne l'oublie pas ! De surprendre de braves filles dans leur vie quotidienne. À partir du moment où cette idiote de Djamila commence à t'enlever ta culotte et à te peloter la chatte, qu'est-ce qu'il se dit, l'abonné ? Qu'il a affaire à de vulgaires putes, payées pour le faire bander ! Et ça, c'est précisément ce qui le fait débander… et se désabonner ! C'est pourtant simple à comprendre, non ?

— C'était juste un jeu, protesta timidement Julie-Aude. Elles voulaient voir si mes poils avaient poussé : ça arrive que les « vraies » filles fassent ce genre de conneries entre elles, vous savez…

— Bon, bon, admettons, soupira Geneviève, dont les pommettes légèrement saillantes s'étaient empourprées brusquement.

Son ton de voix s'était radouci d'un coup, et un drôle de sourire flottait sur ses lèvres brillantes et presque trop rouges. Elle repoussa machinalement derrière son oreille une mèche de ses longs cheveux noirs.

— Et alors, au fait : ils ont poussé, ou non ? demanda-t-elle, d'un ton qui se voulait badin, mis qui fit frissonner Julie-Aude.

— No..on… je ne… je ne crois pas… bafouilla-t-elle, les yeux baissés, tout en s'en voulant de se laisser impressionner par cette femme à la voix désagréable.

— Tu ne crois pas ? Tu n'en es pas sûre ? fit Geneviève Cripure, avec un petit rire qui sonnait faux. Eh bien ! nous allons vérifier ça, ma petite Sissi…

Avant que Julie-Aude ait eu le temps de réagir, Geneviève avait avancé son fauteuil jusqu'à elle, et plaqué ses deux mains sur ses cuisses nues. Puis, elle fit rapidement remonter sa jupe plissée sur ses reins et, d'un geste sec et précis, fit descendre sa petite culotte de coton blanc.

Ses lèvres s'écarquillèrent et son souffle se fit un peu plus rauque, lorsque ses yeux se posèrent sur le mont de Vénus légèrement bombé, partagé en deux moitiés égales par une fente rose délicieusement dessinée, et aussi lisse qu'un ventre de bébé.

— C'est extraordinaire… murmura « Fraulein SS », en effleurant le renflement satiné du bout de ses ongles acérés et écarlates. J'ai déjà vu des filles rasées ou épilées, mais toi… toi, c'est différent… C'est très émouvant, en fait…

Tout en parlant, elle avait accentué la caresse tournante de son index, s'insinuant chaque fois un peu plus loin entre les cuisses tremblantes et pâles. Lorsque le doigt de la surveillance entreprit d'écarter les tendres pétales de son intimité, Julie-Aude tressaillit violemment et fit un pas en arrière, avec plus de brusquerie qu'elle ne l'aurait voulu.

— Mademoiselle, je… je suis désolée, mais ça va être mon tour de *chat*, murmura-t-elle, en remontant maladroitement sa culotte et en rabattant sa jupe plissée. Il faut que j'aille remplacer Séverine…

— Le *chat* ? Séverine ? répéta Geneviève Cripure, d'une voix absente, comme si elle avait du mal à sortir d'un rêve prenant.

Puis, au prix d'un effort visible sur elle-même, elle retrouva un visage et un ton de voix normal – c'est-à-dire très sec – pour dire :

— Oui, c'est vrai, j'allais oublier. Eh bien ! vas-y, qu'est-ce que tu attends ? Et tâche de te conduire plus décemment au salon, à l'avenir, c'est bien compris ?

Julie-Aude fila sans demander son reste. Une fois hors de la nurserie, elle se traita de tous les noms. C'était toujours pareil, quand elle se trouvait face à « Fraulein SS » : elle avait beau se dire que cette femme n'avait aucune importance à ses yeux, qu'elle n'avait même pas besoin d'elle pour gagner de quoi vivre, c'était plus fort qu'elle : il fallait qu'elle se comporte comme une gamine prise en faute...

La salle du *chat* était située juste en face du grand salon commun. C'était une pièce de petite taille, carrée, pourvue d'une seule fenêtre – évidemment bouchée hermétiquement par un volet de bois plein.

Elle était meublée d'un canapé à deux places rouge vif, d'une table située juste en face, et d'une chaise pliante. Sur la table se trouvait un ordinateur IBM, muni de son clavier standard et de sa souris. À l'unité centrale, placée sous l'écran, étaient reliées deux caméras Sony, d'un modèle déjà ancien... c'est-à-dire datant de deux ans. Car, en informatique plus qu'ailleurs, le matériel se démodait à une rapidité sidérante : si vous possédez un ordinateur vieux de six ou sept ans et qu'il tombe en panne, on sera obligé de rappeler des informaticiens à la retraite pour tenter de réparer votre « pièce de musée »

L'ordinateur voué au *chat* était connecté vingt-quatre heures sur vingt-quatre, de façon à ce que tous les abonnés puissent venir dialoguer avec les pensionnaires de la Cité U... y compris les insomniaques. Pour ça, les filles se relayaient par tranches d'une ou deux heures, suivant le moment de la journée, devant l'ordinateur. Le roulement était aussi régulier que possible, de façon à ce que les internautes soient assurés de retrouver la fille qu'ils voulaient, à telle ou telle heure de la journée.

Car ils avaient tous leur préférée. Ou, inversement, chaque fille avait son « fan club », comme elles disaient entre elles. Fan club plus ou moins fourni, ce qui n'allait pas sans susciter quelques petites jalousies typiquement féminines au sein de la Cité U…

Quand Julie-Aude entra dans la « *chat room* » – encore un nom inventé par les filles elles-mêmes –, Séverine, une petite brune un peu grassouillette, au visage rond encadré de cheveux épais et frisés, était assise sur la chaise pliante, les talons posés sur le rebord de la table, de chaque côté de l'une des deux webcams.

Et comme elle était entièrement nue, l'objectif de la caméra était braqué tout droit sur son intimité luxuriante, aussi frisée que sa chevelure. En même temps, elle tapait sur le clavier à toute vitesse, faisant tressauter ses deux gros seins aux pointes brunes et dardées, une phrase qui s'inscrivait au fur et à mesure sur son écran.

Tu es vraiment un gros cochon, mon loup chéri ! lut Julie-Aude machinalement. Je m'étais pourtant juré de ne pas te montrer mon « pussy » aujourd'hui ! Mais tu fais vraiment ce que tu veux de moi ! Hélas, la fête est finie : je cède ma place à Sissi ! Je reviens vers onze heures ce soir…

Séverine appuya sur la touche « enter » pour expédier son message à l'abonné invisible qui, au même moment, devait se délecter du spectacle de son intimité touffue s'étalant sur l'écran de son propre ordinateur, quelque part en France ou ailleurs…

Ensuite, Séverine mit les deux webcams en circuit d'attente, envoyant aux abonnés, durant trois minutes, des images « d'archives », c'est-à-dire datant de la veille au plus tard. Les filles avaient ordre de procéder de cette manière, à chaque « relève de la garde », comme elles disaient entre elles. De façon à ne pas casser le charme, pour l'abonné, le temps qu'une pensionnaire remplace l'autre.

— Ça a été ? demanda Julie-Aude d'une voix assez indifférente.

— Comme d'hab', opina la petite brune frisée, en renfilant le jean moulant qu'elle avait jeté dans un coin de la pièce. T'as ceux qui veulent tout de suite voir ton cul ou ta chatte, et ceux qui te font de grandes déclarations d'amour enflammées…

Julie-Aude eut un petit sourire :

— Sans parler de ceux qui commencent par la déclaration et qui finissent par ton cul !

— N'empêche, fit rêveusement Séverine, avant de quitter la *chat room*, j'aimerais quand même bien, des fois, savoir de quoi ils ont l'air, tous nos amoureux. Tu te rends compte qu'il y a des dizaines de mecs qui connaissent le moindre détail de ma foufoune, de mes nichons ou de mon derrière, et que moi je ne connais même pas leur tronche ?

— Quelque chose me dit que c'est sûrement mieux comme ça… sourit Julie-Aude, en s'installant face à l'écran. J'ai l'impression qu'on aurait de très mauvaises surprises, si on se retrouvait face à ces types…

Elle attendit que Séverine soit sortie, puis, elle remit les deux webcams en circuit normal, et, sur son clavier, envoya son nom de code en direction de tous les abonnés, en ligne en même temps qu'elle.

C'était parti pour une heure de « conversation »

Le petit voyant rouge, à droite de l'objectif de chaque caméra était à peine allumé que le premier message s'inscrivit, comme par magie, sur son écran:

PETIT CŒUR: Bonsoir, Sissi ! :-) C'est vraiment sympa, les journées topless, tu ne trouves pas ?

Le pseudo des abonnés en ligne apparaissait toujours en majuscules, pour que les filles le repèrent d'un seul coup d'œil. Quant au pictogramme :-) , il suffisait de lui faire opérer un quart de tour vers la droite pour qu'il représente un visage souriant stylisé. Cela signifiait que l'interlocuteur était content. Si, au contraire, il était d'humeur maussade, ou contrarié, il n'avait qu'à taper :-(, pour indiquer qu'il « faisait la gueule »

« Petit Coeur » était presque toujours le premier à se signaler, lorsqu'il y avait « relève de la garde ». À croire qu'il ne faisait rien d'autre de ses journées que de dialoguer avec son écran d'ordinateur. Ce qui, après tout, était peut-être le cas…

Julie-Aude se mit à pianoter sur son clavier. Une réponse passe-partout, pour commencer: la règle – encore une règle… – était de ne pas chercher à orienter la conversation, de laisser « venir le poisson », comme disait Patrick Villedouin.

SISSI :Tu as raison, Petit cœur, c'est plus décontracté. Tu ne trouves pas que mes seins sont trop petits ?

La réponse vint presque aussitôt, à une rapidité qui surprit Julie-Aude. D'autant plus qu'elle n'émanait pas de Petit cœur, mais d'un autre abonné. Et, quand elle lut le pseudo, elle sentit les battements de son cœur à elle s'accélérer. Celui-là, cela faisait au moins trois ou quatre soirs de suite qu'elle « parlait » avec lui, et dès le début, elle avait eu le sentiment obscur qu'il était différent des autres.

Même si elle aurait été parfaitement incapable de dire à quoi, exactement, pouvaient bien ressembler « les autres »

K 2000 : Vos seins sont admirables, chère Sissi, et vous le savez fort bien. De même que le reste de votre corps parfait. Je suis certain que votre peau doit être incomparablement douce au toucher, je me trompe ?

Julie-Aude resta un moment immobile, souriant d'une manière ingénue à l'une des deux caméras dont elle avait approché son visage. Un sourire que « K 2000 » devait recevoir au même moment en « plein écran ».

La première fois, elle s'était demandé pourquoi cet abonné avait pris un pseudo aussi étrange, à savoir le titre d'une vieille série américaine un peu idiote, dont le personnage principal était une voiture futuriste, douée de la parole et d'intelligence. Elle n'avait pas été longue à comprendre pourquoi…

Elle se mit à pianoter très vite sur son clavier :

SISSI : Bonsoir, K 2000, ça me fait plaisir de vous retrouver. :-) Ça va comme vous voulez ?

Julie-Aude aurait été incapable de dire pourquoi, mais c'était comme ça : alors que la plupart des abonnés et des pensionnaires de la Cité U se tutoyaient, elle n'avait jamais pu abandonner le voussoiement avec K 2000 ; Peut-être parce que lui-même lui disait vous…

La réponse arriva quasi instantanément :

K 2000 : Ça carbure à six mille tours, puisque vous êtes

là, juste en face de moi ! J'aime beaucoup votre petite jupe plissée d'écolière sage. Mais j'aimerais encore mieux voir quel genre de moteur se cache sous ce luxueux capot...

Julie-Aude retint le sourire amusé qui lui montait aux lèvres. Voilà, c'était reparti dans la métaphore automobile ! Un langage qui semblait particulièrement émoustiller l'abonné K 2000, puisqu'il l'avait utilisé à chacun de leurs entretiens.

Julie-Aude, comme les autres fois, décida d'entrer dans son jeu. Histoire de le « chauffer » un peu. C'était l'une des « règles » de base, édictées par Patrick Villedouin et Geneviève Cripure : il fallait avant tout donner à l'abonné, l'impression qu'il n'y avait que sur le site *www..nymfolies.com* qu'il était vraiment compris, réellement important, en tant qu'individu. C'était le seul moyen pour qu'il se réabonne, encore et encore...

SISSI : Vous ne voulez pas être raisonnable et vous contenter de mes modestes air-bags ?

La réponse arriva dans les trente secondes :

K 2000 : C'est vrai qu'ils sont charmants ! Mais c'est votre mignon petit carburateur qui m'intéresse. Je suis sûr qu'il est capable d'un taux de compression affolant. Rien que d'y penser, mon piston... enfin bref !

Julie-Aude sourit à la caméra de gauche, en cambrant les reins pour tenter de faire ressortir ses seins minuscules. Puis, tout en soulevant sa jupette d'une main, elle tapa de l'autre, du bout de l'index :

SISSI : je ne sais pas exactement ce que vous entendez par « taux de compression », mais je suis sûre que ça doit être très très cochon, vous connaissant ! Tenez, parce que vous êtes gentil tout plein, je vais vous le montrer, mon petit... carburateur !

Elle passa les deux pouces dans l'élastique de sa petite culotte de coton, et, soulevant ses reins, elle fit glisser le vêtement le long de ses jambes, dévoilant le beau fruit lisse et rose, délicatement fendu, niché entre ses cuisses à la peau très blanche. Puis, comme Séverine l'avait fait avant elle, tout à l'heure, elle posa les talons sur le rebord de la table, de part et d'autre de la caméra, offrant aux abonnés connectés, mais principalement à K 2000, une vision imprenable sur son intimité. Le commentaire de son admirateur arriva sur son écran au bout d'une poignée de secondes :

K 2000 : quel délicieux petit moteur, ma chère Sissi ! Je suis sûr qu'il doit être capable d'emmener un homme très loin... Voulez-vous que nous entreprenions ensemble ce voyage au pays du plaisir ? Ma voiture est à votre disposition, vous le savez, n'est-ce pas ?

Julie-Aude referma brusquement les cuisses, regarda la caméra en fronçant les sourcils et en agitant son index levé à hauteur de son visage. Puis, elle tapa sur son clavier :

SISSI : vous n'êtes vraiment pas raisonnable : je vous ai déjà dit plusieurs fois qu'il nous était formellement interdit d'avoir le moindre contact physique avec nos amis abonnés ! Je me ferais renvoyer si j'acceptais de vous rencontrer ! Vous êtes un méchant, d'insister comme ça. :-(

La réponse de son interlocuteur invisible et inconnu ne tarda pas :

K 2000 : Il suffirait que personne ne le sache, chère Sissi. Par exemple, je pourrais venir vous attendre à la sortie de la Cité U et vous proposer gentiment de vous raccompagner chez vous, qu'est-ce que vous en dites, très chère amie ?

Julie-Aude s'apprêtait à répondre, lorsqu'un bref message clignotant, dans le coin supérieur gauche de son écran, l'avertit que K 2000 venait de se déconnecter du site. Elle fronça les sourcils. C'était bizarre : les autres fois, il prenait la peine de lui souhaiter une bonne nuit, avant de quitter le réseau. Peut-être avait-il « bugué », comme disaient les internautes, lorsqu'une déconnexion sauvage se produisait dans leur ordinateur ? Auquel cas, il allait sûrement réapparaître rapidement, le temps de recommencer les procédures de connexion et d'identification…

Mais, lorsque Julie-Aude quitta le *chat*, une heure et demie plus tard, pour céder la place à Djamila, qui avait fini de dîner avec les autres pensionnaires, K 2000 ne s'était toujours pas manifesté.

Entre-temps, Julie-Aude avait dû satisfaire aux exigences de deux ou trois abonnés particulièrement excités et vicieux. Notamment un, qui avait à tout prix voulu qu'elle se place dos à la caméra, reins cambrés au maximum, et qu'elle écarte ses fesses à deux mains, afin de bien dégager l'accès le plus étroit et le plus secret de son corps maigre. Et un autre, pour qui elle avait dû mimer une séance de masturbation, jambes écartelées au maximum, ainsi que l'orgasme qui était censé aller avec, évidemment.

Un orgasme qu'elle n'avait pas été loin de ressentir pour de bon, tellement l'excitait l'idée que plusieurs dizaines d'hommes inconnus (le début de soirée était traditionnellement un moment de grande affluence sur le site) la regardaient se caresser, et sans doute en faisaient autant devant leur écran d'ordinateur.

Seul l'inconfort de sa position, sur la chaise pliante, l'avait empêchée d'arriver jusqu'au plaisir suprême. Mais elle ne doutait pas que ses « flashers » aient tous remarqué à quel point son sexe de « Vierge Lisse » était brillant de rosée amoureuse…

Julie-Aude était en train de rabattre sa jupe sur ses cuisses, lorsque Djamila entra dans la *chat room*, toujours torse nu, ses gros seins aux pointes violettes oscillant lourdement à chacun de ses pas, comme de beaux fruits mûrs, gorgés de sève, prêts à se détacher de l'arbre pour venir s'offrir à la morsure des gourmands. Julie-Aude bascula les deux webcams en position d'attente, et se leva pour céder sa place à la beurette frisée.

— Pas de problèmes particuliers ? demanda cette dernière, en s'installant dans le canapé, avec une sorte de voluptueuse nonchalance.

— Non, la routine, répondit Julie-Aude, qui avait déjà la main sur la poignée de la porte. Ah ! si : un abonné s'est plaint que la caméra A transmettait les images d'une manière plus saccadée, moins « réaliste » que d'habitude. Mais comme les autres n'ont rien remarqué, j'ai laissé filer. Bon, allez, à demain !

Julie-Aude retraversa le couloir menant à la porte d'entrée de la maison. En passant devant la double porte du salon, elle entendit des rires et des murmures, sur fond de télévision : les pensionnaires s'apprêtaient à vivre une soirée de plus, sous l'œil impavide des caméras…

La porte donnant sur la rue s'ouvrait sans problème de l'intérieur, alors qu'il fallait impérativement sonner, quand on se trouvait dehors et qu'on voulait pénétrer dans la Cité U. Et c'était « Fraulein SS » en personne qui se chargeait de filtrer les entrées…

La porte se referma automatiquement derrière Julie-Aude, qui traversa le petit jardin, invisible de la rue grâce à une haie de troènes, haute et très épaisse. Une fois sur le trottoir, elle contempla les lumières de L'Île-Saint-Denis, de l'autre côté de la Seine, avant de prendre une profonde inspiration, qui fit palpiter ses narines.

L'air était tiède, parfumé d'une odeur douce d'herbe fraîchement coupée, il ne faisait pas encore tout à fait nuit et des lambeaux de nuages roses et orangés striaient encore le ciel d'un bleu très sombre.

C'était toujours un moment très agréable, que celui où elle quittait la Cité U. À chaque fois, Julie-Aude ressentait – durant une poignée de secondes, pas plus – une enivrante sensation de liberté. Sans doute parce que, d'un coup, rien qu'en franchissant la porte de la maison aux volets clos, les yeux impassibles des 43 caméras cessaient d'être braqués sur elle.

Il ne lui restait plus qu'à remonter le quai Alfred-Sisley jusqu'à l'avenue de Verdun, qui partageait Villeneuve-la-Garenne en deux dans le sens est-ouest. Là, elle trouverait le bus qui la ramènerait jusqu'à la porte de Champerret où elle pourrait prendre le métro jusqu'au lointain douzième arrondissement où elle habitait.

Julie-Aude se mit en marche avec un soupir. C'était la partie la moins drôle de sa journée, ça, cet interminable trajet du XIIe jusqu'à Villeneuve, et retour. Elle se demandait souvent pourquoi Patrick Villedouin n'avait pas installé sa foutue Cité U dans le quartier de Bercy, ou à la rigueur vers Charenton ou Vincennes: ça aurait quand même été plus pratique… pour elle.

Julie-Aude n'avait pas parcouru plus d'une vingtaine de mètres, le long du quai planté de platanes et bordé de villas un peu vieillottes, lorsque, juste devant elle, une voiture garée le long du trottoir sur lequel elle marchait d'un pas rapide fit trois appels de phares rapprochés.

Julie-Aude fronça les sourcils et eut un petit soupir agacé: encore un crétin qui, sous prétexte qu'elle était seule, devait la croire en quête d'une aventure masculine…

Elle résolut de passer sans tourner la tête, « raide comme la Justice », aurait dit son père, pour montrer à l'éventuel dragueur qu'elle ne « mangeait pas de ce pain-là », comme aurait dit sa mère.

En arrivant à la hauteur de la voiture de couleur sombre – grise ou bleu, elle ne voyait pas très bien –, Julie-Aude constata du coin de l'œil qu'il s'agissait d'une berline de luxe, très volumineuse. Les vitres étaient fumées, de telle sorte qu'il était impossible de distinguer qui se trouvait à l'intérieur, ni même combien de personnes il y avait. Au moment où elle passait à hauteur de la portière du conducteur, la vitre de celle-ci s'abaissa rapidement et régulièrement, avec une sorte de léger bourdonnement caoutchouteux.

— Bonsoir, Sissi ! murmura une voix masculine, grave et chaude. Je vous avais bien dit que je saurais vous retrouver, un jour ou l'autre…

En s'entendant nommer par son pseudo « de guerre », Julie-Aude eut un sursaut du buste. Malgré elle, elle s'arrêta et se tourna vers la voiture.

Elle reçut le choc de deux yeux d'un bleu très clair, brillant dans un visage bronzé, aux traits énergiques, à la bouche sensuelle, surmonté par d'épais cheveux bruns un peu trop longs dans le cou. L'homme, dont le bras s'appuyait négligemment à la portière, était vêtu d'une veste de lin anthracite et d'une chemise blanche à col ouvert. Julie-Aude se dit qu'il devait avoir une quarantaine d'années et qu'il ressemblait à Paul Newman à cet âge-là. Ça, plus l'impression de luxe discret qui se dégageait de sa voiture, on pouvait imaginer pire, comme dragueur en goguette…

Par la vitre ouverte s'échappaient les accords infiniment mélancoliques de ce que Julie-Aude reconnut être le deuxième mouvement du superbe quintette avec clarinette de Mozart.

— Comment est-ce que vous m'avez appelée ? demanda-t-elle d'une voix un peu sèche.

Le sourire éclatant, quelque peu carnassier de l'automobiliste s'accentua, dévoilant de magnifiques dents, blanches et régulières.

— Eh bien ! mais… Sissi ! répondit-il, de cette voix caressante, presque veloutée, qui fit passer un frisson involontaire dans la colonne vertébrale de Julie-Aude. Et, bien entendu, même si mon véritable prénom est Amaury, je vous autorise à m'appeler… K 2000 !

Durant quelques secondes, Julie-Aude resta figée par la surprise, bouche entrouverte et yeux écarquillés. Puis, tout son corps se détendit, et elle rendit son sourire à l'abonné auquel elle n'avait jamais parlé que par clavier d'ordinateur interposé.

Puis, aussitôt après, elle se sentit rougir jusqu'aux

oreilles. Elle venait de réaliser que, moins de deux heures plus tôt, elle exhibait son intimité devant l'objectif d'une webcam, pour le seul plaisir de cet homme qui, à présent, lui souriait avec beaucoup de douceur.

— J'espère que vous voudrez bien pardonner mon audace, Sissi, dit-il sur un ton de galanterie naturelle, mais j'avais vraiment très envie de vous voir… « en vrai », comme disent les enfants. D'ailleurs, face à la beauté, ne sommes-nous pas tous un peu comme des enfants éblouis, quel que soit l'âge que prétend nous attribuer l'état-civil ?

Sa voix possédait un charme insidieux, puissant, qui agissait directement sur les centres nerveux de Julie-Aude, sans même qu'elle cherche à lutter contre.

— Comment vous avez fait pour localiser la Cité U ? demanda-t-elle, sur un ton déjà beaucoup moins rébarbatif, en s'approchant malgré elle de la vitre ouverte.

— Ça, c'est mon petit secret, si vous le voulez bien ! lui répondit celui qui disait se prénommer Amaury. Et d'ailleurs, ça n'a aucune importance, n'est-ce pas ? Ce qui compte, c'est que nous soyons enfin ensemble. Je suppose que, vu le mal que je me suis donné pour vous trouver, vous n'aurez pas le cœur à me refuser une insigne faveur ?

— Laquelle ? demanda Julie-Aude, avec une certaine précipitation, qui la laissa légèrement mécontente d'elle-même.

— Mais… celle de vous raccompagner chez vous ! En tout bien tout honneur, naturellement…

« Naturellement ! », songea Julie-Aude, tandis qu'un petit sourire ironique étirait ses lèvres pâles. C'est alors qu'une idée saugrenue lui passa par la tête.

— Ç'aurait été avec plaisir, croyez-le bien, dit-elle, en

adoptant le même ton de politesse exquise qu'Amaury – K 2000. Seulement, voyez-vous, ce soir, je rentre directement chez mes parents… à Toulouse !

Aucun muscle ne bougea dans le visage énergique et viril de son interlocuteur, qui répondit d'une voix égale :

— Pas de problème… on y va ! Vous montez ?

Dans le cerveau de Julie-Aude se forma le ferme projet de refuser une offre aussi absurde. Mais, à sa grande stupéfaction, elle s'entendit répondre « d'accord », tandis que ses pieds l'entraînaient déjà du côté de la portière passager de la grosse limousine.

Sans ajouter un mot, Julie-Aude prit place sur le siège de cuir souple, savourant malgré elle la délicate odeur de bois précieux qui parfumait discrètement l'habitacle.

Quelques secondes plus tard, la voiture démarra lentement, en faisant ronronner les douze cylindres de son moteur, comme un gros chat que l'on caresse. Bientôt, sur le quai désert et un peu trop sombre, il n'y eut plus que les deux feux rouges arrière, qui continuaient de luire dans l'obscurité de la nuit.

Comme deux gros yeux fixes, vaguement menaçants, inquisiteurs…

Chapitre II

Le commandant de police Boris Corentin s'assit devant son ordinateur et le mit sous tension. Aussitôt, une voix métallique jaillit du haut-parleur de l'engin – un iMac avant-dernier modèle – pour lui souhaiter « bienvenue à la basse-cour ».

Boris sursauta malgré lui : depuis une semaine qu'il était là, chaque matin, au moment où il allumait ce foutu ordinateur, il se laissait surprendre par le message, destiné à rappeler à l'utilisateur qu'il se trouvait bel et bien au milieu d'une « basse-cour » remplie de « poulets ». Soit, en clair, au sein d'une brigade de police.

Et, plus exactement, dans les locaux de la BEFTI, la « Brigade d'Enquête sur les Fraudes liées aux Technologies de l'Information », situés dans le XIIIe arrondissement de Paris

Boris Corentin en était à son huitième jour de stage à la

---

1 Les policiers de cette brigade ont besoin, pour rester efficaces, d'un strict anonymat. Par conséquent, nous avons préféré ne pas révéler l'adresse exacte des locaux où est installée la Befti.

Befti, en ce mardi matin.

— Inutile d'ergoter pendant des heures, Boris ! lui avait intimé le commissaire divisionnaire Charlie Badolini, patron de la Brigade mondaine, trois semaines plus tôt, en lui annonçant qu'il avait été désigné pour ce stage de formation aux recherches de police sur Internet. Tout cela a été décidé dans le cadre de la nouvelle synergie entre les différents services, et il n'y a pas à discuter !

— « Synergie », hein ? avait grommelé Boris Corentin, qui n'avait que très modérément envie de retourner à l'école, et qui pressentait que ce stage de quinze jours à la Befti ne servirait probablement à rien, qu'à lui faire perdre un temps précieux.

Et puis, finalement, il se trouvait de mieux en mieux, dans les locaux de la brigade informatique. D'abord, parce que, au fil des jours, il découvrait dans le réseau internet un monde étonnant. Bien sûr, il lui était déjà arrivé de « surfer », comme un peu tout le monde. Mais là, il s'agissait de le faire en professionnels de la traque, en spécialistes des crimes et délits en tous genres.

Car les vingt-deux policiers affectés en permanence à la Befti, chargés de traiter les plaintes émanant de Paris et de la « Petite Couronne », soit les départements 92, 93 et 94, passaient l'essentiel de leurs journées devant leurs écrans à surveiller les sites « à risques ». C'est-à-dire, le plus souvent, ceux soupçonnés de trafics à caractère pédophile. Ou encore, en cette période « post 11 septembre », les sites à coloration islamiste, toujours plus ou moins soupçonnés d'être des relais potentiels pour l'organisation criminelle d'Oussama Ben Laden.

— Le problème, lui avait expliqué le commandant Philippe Simon, patron de la brigade, le jour de son arrivée, c'est qu'on voit pas mal de choses, ici, mais qu'on a souvent l'impression de ne pas être entendus, en haut lieu. Tiens, par exemple, avant le 11 septembre 2001, on a vu se multiplier les sites musulmans appelant au *Jihad*, à la guerre sainte, et ça nous a semblé louche…

— Et alors ? avait demandé Boris Corentin.

— Alors… rien ! avait répliqué Philippe Simon avec un petit rictus amer. Je ne sais même pas si mon rapport a été lu. Et, s'il l'a été, je n'ai pas l'impression qu'il ait été pris très au sérieux. On a vu le résultat… Enfin, pour être honnête, ça n'aurait probablement rien empêché, malheureusement. Mais tout de même…

Il y avait une deuxième raison qui avait fait rapidement trouver son stage agréable à Corentin. Cette raison s'appelait Yamina Tlili. Une « fliquette » stagiaire de 24 ans, d'origine « algéro-banlieusarde », comme elle lui avait dit elle-même dans un grand éclat de rire, au visage rond, mangé par une bouche rouge qui donnait envie de croquer dedans et deux immenses yeux sombres, encadrés par une masse de cheveux noirs retombant en cascades bouclées sur ses épaules. Le tout était le plus souvent illuminé par un sourire éclatant, joyeux et insouciant, où traînaient encore quelques traces d'enfance, cette enfance qui, dans le cas de Yamina, n'était pas encore si loin, après tout.

Au-dessous de cette figure plus qu'avenante s'épanouissait un corps moelleux, admirablement proportionné, composé de deux longues jambes, toujours serrées dans des jeans de différentes couleurs, suivant les jours, d'une croupe ronde et ferme, d'un ventre plat et de deux seins en forme d'obus prêts à foudroyer l'adversaire.

D'emblée, le courant avait passé entre Corentin et la jeune stagiaire. Laquelle s'était montrée aussi sensible au charme de Boris... que lui au sien. Le hasard – ou une intervention personnelle du petit dieu Eros... – avait voulu que Philippe Simon installe Boris Corentin au bureau immédiatement voisin de celui occupé par Yamina Tlili. Des bureaux qui, dans la grande salle rectangulaire dont les stores étaient perpétuellement baissés pour éviter les reflets du soleil sur les écrans d'ordinateurs, n'étaient séparés que par de petites cloisons amovibles et translucides, d'environ un mètre cinquante de haut.

Lorsque Boris avait demandé à Yamina, le premier jour, ce qu'elle faisait avant d'entrer dans la police, elle avait éludé. Ce n'est que le jeudi midi, alors qu'ils déjeunaient en tête à tête dans un restaurant vietnamien de l'avenue d'Ivry, que Yamina lui avait expliqué d'où elle venait.

— Un *hacker*, tu sais ce que c'est ? avait-elle demandé brusquement à Boris, alors qu'elle trempait un *nem* dans le petit bol de sauce au *nuoc mam*.

— C'est quelque chose comme un pirate informatique, non ? avait-il répondu, les baguettes suspendues entre sa bouche et son bol de *pho*, la soupe traditionnelle du Vietnam du nord, au bœuf et aux vermicelles de riz.

— C'est exactement un pirate informatique, avait confirmé Yamina, avec son irrésistible sourire. Quelqu'un qui trouve le moyen de s'introduire dans les programmes des autres, y compris les mieux « cadenassés », et qui les détourne à son profit. Enfin, certains hackers détournent les programmes qu'ils piratent: d'autres font ça uniquement pour le *fun*, pour relever une sorte de défi. Un peu comme un alpiniste qui s'attaque à un sommet que personne n'a encore vaincu avant lui, tu vois le truc ?

— Il me semble, oui, avait répondu Boris, en rendant son sourire à Yamina. Et, si je comprends bien ce que tu essaies de me dire depuis un petit moment, tu faisais partie de ce genre de *hackers*, ava0nt d'entrer dans la grande maison, c'est ça ? Tu es – ou plutôt, tu as été – une « hackeuse », si j'ose m'exprimer ainsi ?

— Exact, ça te choque ? avait répondu Yamina, avec une pointe de défi dans la voix.

— Pas plus que ça, avait tranquillement dit Corentin, avec un petit sourire. Après tout, si on veut que la police soit vraiment efficace, il faut bien qu'elle recrute ses spécialistes là où ils se trouvent, non ? Sans remonter jusqu'à Vidocq[1], les exemples ne manquent pas ! Et puis, à une époque où on ne parle que de « réinsertion sociale », je trouve que tu en es un magnifique exemple. Et quand je dis « magnifique », ce n'est pas un mot en l'air !

Yamina lui avait fait la grâce de rougir de ce compliment plutôt direct…

Boris Corentin se mit à pianoter sur son clavier – lettres blanches sur touches noires –, après s'être connecté à Internet. Contrairement aux policiers qui travaillaient autour

1 Condamné à huit ans de travaux forcés pour faux, évadé du bagne de Brest à sa troisième tentative, François Vidocq (1775 - 1857) entra ensuite dans la police et fonda une brigade de sûreté dont les membres étaient tous d'anciens forçats libérés.

de lui, il n'était pas tenu à des résultats, puisqu'il était simplement là pour découvrir les arcanes d'Internet. Évidement, dès le premier jour, il s'était plongé dans le réseau des innombrables sites à caractère sexuel, dans la mesure où, en tant que fleuron de la Brigade mondaine, c'était ceux qui intéressaient son travail en priorité. Et notamment tous ceux qui, de près ou de loin, paraissaient avoir un lien avec une forme ou une autre de prostitution.

— En fait, nous sommes des genres de « cyberpatrouilleurs », lui avait expliqué Yamina Tlili, le premier jour. On part à la pêche un peu au pif, en visitant les communautés, les associations, les clubs, etc., présents sur le web. Ça nous permet d'avoir une image assez bonne de leurs activités et de leur vitalité. C'est vrai en particulier pour les mouvements islamistes ou néo-nazis : quand ils se mettent à se multiplier, on commence à faire gaffe et à les serrer d'un peu plus près…

Dans la liste de sites proposés par son moteur de recherche, alors qu'il avait commandé la recherche sur les mots-clés « sexe interactif », Boris Corentin fut attiré par l'un d'eux, au nom aussi explicite que prometteur.

www.nymfolies.com.

Au moyen de la « souris », il déplaça le curseur, qui se transforma en une petite main stylisée en arrivant sur le nom du site, puis il cliqua une fois.

La « page d'accueil », qui apparut sur l'écran au bout de quatre ou cinq secondes, était on ne peut plus explicite, dans la mesure où on y voyait trois filles quasiment nues, regarder vers l'utilisateur supposé avec des sourires parfaitement aguicheurs.

Nous sommes des étudiantes qui habitons toutes ensemble dans une grande maison. Rejoins-nous vite au cœur de la Cité U et regarde-nous vivre 24 heures sur 24, sans aucun tabou et sans fausse pudeur !

Le message était clair, et Corentin comprit aussitôt qu'il se trouvait sur l'un de ces sites réservés aux voyeurs de tous poils. Ça pouvait valoir la peine d'aller y jeter un coup d'œil, justement…

Il cliqua sur la fenêtre « informations ». Là, on lui proposait plusieurs entrées possibles, et notamment une page « mise en bouche », sur laquelle, gratuitement, il pouvait avoir un aperçu de ce qui s'était passé au sein de la Cité U deux ou trois jours plus tôt, en différé. Une manière d'appâter le chaland, en quelque sorte.

Sinon, l'internaute vraiment alléché pouvait aussi choisir directement la fenêtre « abonne-toi vite ! », où on lui demanderait son numéro de carte bancaire, ainsi que la « déclaration sur l'honneur » comme quoi il était bien majeur. Puis, on lui débiterait entre 60 et 85 euros par mois, suivant la formule d'abonnement choisie.

Moyennant quoi, il pourrait, à toute heure du jour et de la nuit, se connecter et participer en direct à la vie de ces « étudiantes ».

Des étudiantes dont l'œil exercé de Boris Corentin repéra tout de suite qu'elles devaient plutôt faire commerce de leurs corps que de leurs cerveaux…

Sauf une.

Dans la page de présentation, où chacune des filles avait sa « vignette » personnelle, il fut d'emblée intrigué par celle qui se faisait appeler Sissi. Et qui devait probablement se nommer Sylvie ou Christine, comme tout le monde…

Elle tranchait sur le lot. Elle n'avait pas cet air vulgairement aguicheur que ses « colocataires » se croyaient obligées d'afficher. Au contraire, avec ses cheveux blonds et courts, coupés à la diable, sa moue encore un peu enfantine et son corps gracile, à la peau très blanche, elle avait l'air d'une adolescente un peu naïve et innocente, égarée là totalement par hasard. Et puis, il y avait quelque chose de bizarre, dans son visage aux pommettes saillantes, qui intriguait Boris, sans qu'il parvienne à déterminer quoi.

Du coup, il cliqua sur sa photo, de manière à avoir accès aux pages gratuites qui étaient censées montrer la même Sissi, mais en mouvement, cette fois.

Quelques secondes plus tard, elle apparut en plein écran, au moment où elle sortait d'une cabine de douche, aussi nue qu'au jour de sa naissance. Du coup, brusquement, Corentin mit le doigt sur le détail qui l'avait surpris, en découvrant la première photo.

La dénommée Sissi était totalement dépourvue de sourcils. Pas seulement de sourcils, d'ailleurs : tout son corps, parfaitement lisse, était entièrement vierge de tout système pileux. Et, à voir sa peau d'un rose tendre et uniforme, il était évident qu'il ne s'agissait ni de rasage ni même d'épilation.

Cette fille était réellement dépourvue de poils. Ce qui, ajouté à ses formes à peine dessinées, lui donnait l'air d'avoir à peine plus de 13 ou 14 ans.

Les sourcils froncés, Boris frappa deux petits coups à la cloison qui le séparait du bureau de Yamina Tlili. Laquelle se leva aussitôt de son fauteuil et passa la tête par-dessus la séparation en question :

— Qu'est-ce qu'il y a, Boris ? Un problème avec ton ordi ?

— Non, ça va, je m'en sors à peu près. Seulement, je viens d'atterrir sur un site de cul…

— Ben voyons ! Tous les mêmes…

— … un site de cul, disais-je, qui exhibe une fille dont je serais prêt à parier qu'elle ne doit pas être majeure depuis longtemps… si toutefois elle l'est !

Du coup, Yamina contourna la cloison et vint se pencher au-dessus de l'épaule de Boris… en appuyant comme par mégarde ses seins volumineux et fermes contre lui.

— Fais voir ça… Ouais, en effet, elle m'a l'air bien jeunette, cette Sissi. Tu es sur quel site, là ?

— Un truc qui s'appelle « nymfolies », répondit Corentin.

Aussitôt, Yamina se redressa et lui tapota gentiment l'épaule, du bout de ses doigts aux ongles longs et d'un rouge légèrement brillant :

— Dans ce cas, laisse tomber. C'est un site qui a été ouvert il y a plus d'un an, par un certain Patrick Villedouin, sur le modèle de ceux qui existent depuis longtemps aux States. On a déjà fourré plusieurs fois notre long nez dans son petit business…

— Je vois, fit Boris. Comme il sait que vous l'avez à l'œil, il ne prendrait pas le risque idiot d'embaucher une mineure, c'est ça ?

— Bravo, tu piges vite, répondit Yamina avec un grand sourire.

— C'est quand même un peu mon boulot, tu sais !

Les pommettes de Yamina se colorèrent de rose :

— C'est vrai, que je suis conne ! Comme tu es en stage ici

depuis juste une semaine, j'ai tendance à te considérer comme un novice… alors que je suis en face du grand, de l'illustre Boris Corentin, de la Brigade mondaine !

— Ça va, charrie pas… grommela Boris, en cliquant pour quitter le site *www.nymfolies.com.* Tiens, pour te faire pardonner ton ironie déplacée, je t'autorise à m'inviter à déjeuner au Chinois le plus proche !

Yamina s'empourpra légèrement et, détournant le regard, elle souffla d'une voix un peu plus rauque que d'ordinaire :

— Si tu veux, je peux même t'inviter à dîner, ce soir…

Boris Corentin eut une moue désolée :

— J'aurais adoré, mais il se trouve que, pour une fois, j'ai un dîner en famille, ce soir…

— Ah, parce que tu as une famille, toi ? s'étonna Yamina, en fronçant les sourcils malgré elle.

— Disons : une famille d'adoption, répondit Boris avec un petit sourire attendri, en pensant à Aimé Brichot, son coéquipier à la Brigade mondaine, et ami de toujours, ainsi qu'à sa femme, Jeannette, et à leurs trois enfants : Rose, Colette et le petit Charles. Mais d'adoption ou pas, c'est une famille comme j'en souhaite une à tout le monde…

****

Lorsque la porte s'ouvrit, les narines de Boris Corentin furent aussitôt délicieusement chatouillées par les effluves capiteux d'un haricot de mouton, en provenance de la cuisine, située à droite du vestibule.

Un vestibule où se tenait un Aimé Brichot doublement armé. D'un tire-bouchon dans la main droite et d'une bouteille de châteauneuf-du-pape dans l'autre.

— Tu arrives bien, Boris : j'allais le goûter sans toi... dit-il, en s'effaçant pour laisser entrer sa flèche[1]. C'est Rabert[2] qui m'en a rapporté une caisse de six, de ses dernières vacances près d'Avignon, et il paraît qu'il est « propre », pour reprendre son expression favorite.

— Si Rabert le dit... sourit Boris, en se débarrassant de son blouson de toile gris clair.

À ce moment-là, le visage souriant de Jeannette Brichot passa par l'entrebâillement de la porte de la cuisine. Elle sourit tendrement au visiteur :

— Ravie de vous voir, Boris. Laissez-vous offrir un apéro par Mémé, histoire de patienter entre hommes : je ne suis pas tout à fait prête...

— Les enfants ne sont pas là ? demanda Corentin, en suivant Aimé Brichot dans le salon-salle à manger confortablement et bourgeoisement meublé.

Il éprouvait toujours le même plaisir à se retrouver dans l'appartement qu'occupaient les Brichot au Kremlin-Bicêtre, quasiment depuis leur mariage. C'était une sorte de quiétude diffuse, une sérénité moelleuse dans laquelle il éprouvait un grand bonheur à se laisser aller, comme dans un vieux fauteuil qui, à force, a fini par épouser les moindres contours du corps de son propriétaire.

Ici, il se sentait « en famille », comme il l'avait spontanément déclaré à Yamina Tlili, quelques heures plus tôt.

1 Le premier des deux, dans une équipe de policiers.

2 Le capitaine Rabert et le lieutenant Tardet forment la deuxième équipe des Affaires recommandées, la section reine de la Brigade mondaine, celle des "coups" vraiment tordus...

— Les enfants ? répondit Aimé Brichot, avec une petite grimace. Tu parles ! Ils ont toujours mieux à faire que de passer le début de la soirée avec leurs vieux parents !

— Vieux ? n'exagère pas, Mémé…

— Bref, toujours est-il que Charles est chez un copain qui habite l'immeuble en face, soi-disant pour préparer l'exposé que la « maîtresse » leur a donné. Quant à Rose et Colette, figure-toi qu'elles se sont mis dans la tête l'idée de prendre des cours – tiens-toi bien, Boris –, *des cours de batterie rock* ! Tu imagines l'enfer que ça va devenir, ici, si jamais elles persévèrent dans cette lubie ? Enfin, tout ce petit monde a promis d'être là à huit heures tapantes, pour le dîner avec « tonton Boris ». Je te sers un verre de châteauneuf, ou tu préfères un vrai apéro ?

— Non, non, du vin, ça ira très bien, répondit Boris, en s'installant dans le canapé, en face du fauteuil favori d'Aimé Brichot, dont les accoudoirs de cuir fauve commençaient à être sérieusement râpés.

— Dis donc, c'est vrai qu'il est correct, ce pinard ! apprécia Brichot, en faisant claquer sa langue. Alors, ça s'est passé comment, cette nouvelle journée à la Befti ?

Boris Corentin haussa les épaules :

— Pas très différent de ce que j'ai vécu la semaine dernière, en fait. C'est assez instructif, finalement. Je veux dire : pour ce qui concerne la nature humaine et ses côtés tordus. J'ai découvert des sites invraisemblables, tu sais…

— Par exemple ?

— Eh bien ! je ne sais pas, moi… Tiens, un qui s'appelle « *no razor* » – ça veut dire « pas de rasoir », en français…

— Merci, j'avais compris !

-… c'est un site américain. Il regroupe tous les amateurs de femmes poilues ! J'ai vu là-dessus des photos pas croyables : des filles dont le pubis envahit la moitié de leurs cuisses et grimpe largement aussi haut que leur nombril ! Sans parler de la forêt amazonienne qu'elles ont sous chaque bras, évidemment…

— Beurk ! fit Aimé Brichot, en se dépêchant d'avaler une gorgée de côtes-du-Rhône pour chasser cette image de femme-gorille.

— Si tu n'aimes pas, il y a aussi l'inverse : des sites réservés aux maniaques de l'épilation intégrale. En fait, quoi que tu imagines comme fantasme tordu, voire idiot, tu peux être sûr de trouver sur le net un site qui lui est consacré. Je suis même tombé sur un où on ne trouve que des photos de filles assises sur des cuvettes de toilettes publiques, la culotte aux chevilles ! T'imagines ça, mon vieux Mémé ?

— On vit une époque formidable, je l'ai toujours dit… grommela Brichot avec un petit sourire en coin, tout en tortillant la pointe de sa moustache.

— Et toi ? relança Corentin. Ça se passe comment au bureau, en ce moment ?

Brichot fit la grimace :

— Ça se passe que, moi, demain, au lieu d'aller mater des filles à poil – ou même à poils avec un S… – sur je ne sais quel site Internet, je vais devoir me lever aux aurores pour attraper le train de 7 h 33 à destination de Toulouse !

— Toulouse ? s'étonna Corentin, un sourcil relevé. Qu'est-ce que tu vas ficher là-bas ?

— À cause d'une fille qui a été retrouvée, dans la matinée, morte assassinée, en bordure de la forêt de Bouconne, entièrement nue, et évidemment violée.

La surprise de Boris Corentin ne fit que s'accentuer, et il demanda :

— Mais qu'est-ce que la Brigade mondaine a à se mêler de ça ? C'est du ressort du SRPJ[1] de Toulouse, non ?

— En principe, oui, opina Aimé Brichot, en remplissant leurs deux verres à pied. Sauf que, premièrement, la malheureuse en question est la fille d'un sénateur local, du genre puissant et très remuant…

— Lequel, évidemment, enchaîna Corentin qui connaissait la chanson, a immédiatement appelé la place Beauvau et a fait un foin du diable, comme quoi il exigeait que les meilleurs flics de France et de Navarre se mettent à son service, toutes affaires cessantes.

— C'est en gros ça, oui… convint Brichot.

— Et le deuxièmement ?

— Ce sont les circonstances de la mort de cette fille : vraiment très étranges. D'abord, son corps, d'après les photos que Baba m'a refilées, présente « de multiples contusions », pour employer le langage des médecins-légistes. Comme si on l'avait balancée par la portière d'un train ou d'une bagnole en marche.

— On l'a retrouvée près d'une voie de chemin de fer ? demanda Corentin, dont l'instinct de limier s'était mis en branle au quart de tour, presque malgré lui.

— Non.

— Alors, on va dire qu'on l'a jetée de la portière d'une voiture, jusqu'à plus ample informé, conclut Boris, avec une

1 Service Régional de Police Judiciaire.

grimace satisfaite. Cela dit, ça ne m'explique toujours pas pourquoi Baba a accepté d'endosser l'affaire, en dehors des « amicales pressions » de la place Beauvau…

— J'y viens, fit Aimé Brichot, en remontant machinalement ses lunettes de myope léger sur son nez busqué. Figure-toi que, d'après le rapport d'autopsie, la fille a succombé des suites d'une importante hémorragie interne. Simplement parce qu'elle a eu le vagin et l'utérus *complètement déchiquetés* ! Et par un objet dont on ignore encore la nature, mais qui risque de se révéler très très étrange…

— Étrange ? releva Boris Corentin, les sourcils légèrement froncés. Pourquoi tu dis ça, Mémé ?

— À cause de ce qu'on a retrouvé au fond de l'utérus de cette malheureuse…

— Et on y a retrouvé quoi, si c'est pas trop indiscret ? insista Corentin, un peu impatienté.

— Eh bien ! le médecin-légiste a retiré de son ventre en bouillie *l'objectif d'une caméra miniaturisée* ! répondit Aimé Brichot, en martelant avec force chacun des derniers mots de sa phrase.

Un silence lourd retomba entre les deux policiers, uniquement troublé par le grondement, faible mais régulier, du boulevard périphérique, un peu plus au nord. Un silence que Brichot fut le premier à rompre :

— J'ai oublié de te dire que, en plus, elle avait les poignets ensanglantés, comme si on l'avait attachée.

— Évidemment qu'on l'a attachée ! gronda Corentin, la mine fermée. Sinon, je ne vois pas pourquoi cette pauvre fille se serait laissé torturer comme ça ! Elle doit être dans un sale état, je suppose… Quel âge, au fait ?

— 23, répondit Brichot, en se levant pour aller fouiller dans le tiroir de gauche du faux buffet Henri II qui trônait à droite de la double fenêtre.

Il revint vers Boris, une mince chemise cartonnée bleue à la main, qu'il lui tendit :

— Tiens, jette un coup d'œil dans le dossier que m'a remis Baba, si tu veux : il y a trois photos d'elle d'assez bonne qualité, que le Ciat de Toulouse nous a transmises par e-mail cet après-midi…

Boris Corentin ouvrit la chemise cartonnée, et ses yeux tombèrent sur le visage souriant d'une jeune fille blonde, aux cheveux courts, coupés un peu n'importe comment.

Il ne put retenir un juron sonore, qui fit sursauter Aimé Brichot.

— Qu'est-ce qui t'arrive ? demanda ce dernier. Tu l'as déjà vue quelque part, ou quoi ?

Boris Corentin ne répondit pas tout de suite. Oui, il l'avait déjà vu quelque part, et pas plus tard que ce matin même, ce visage dépourvu de sourcils.

Il l'avait vu, à son bureau provisoire de la Befti, sur un site érotique d'Internet, nommé www.nymfolies.com.

Car la morte toulousaine d'Aimé Brichot n'était autre que cette pensionnaire de la Cité U, au corps étrangement dépourvu de tout système pileux.

C'était Sissi.

Ou plutôt, Julie-Aude Sibrezac, à en juger par le nom inscrit à la main sur la chemise cartonnée, en grosses lettres majuscules noires.

CHAPITRE III

Amaury Mesnières conduisait en souplesse, l'œil gauche fixé sur le déroulement sinueux de la D 937, reliant La Roche-sur-Yon à Nantes, l'autre sur les cuisses dorées et rondes de Marie, languissamment installée sur le siège passager.

La nuit était tiède, silencieuse, à l'exception du ronronnement grave et puissant des douze cylindres qui s'activaient sous l'immense capot de la voiture, d'un gris presque noir.

— J'aurais jamais cru que ça puisse exister, une bagnole pareille ! soupira Marie, en s'étirant langoureusement, ce qui fit saillir les pointes aiguës de ses petits seins, à travers le fin tissu de son tee-shirt bleu ciel. Combien elle vous a coûté, dites ?

— Pas un sou ! répondit gaiement Mesnières de sa voix grave et naturellement veloutée.

— Arrêtez ! Je vous crois pas ! béa Marie, en se tortillant sur le cuir crème de son fauteuil, ce qui eut pour effet de faire remonter encore un peu plus sa jupe noire sur ses cuisses fuselées, jusqu'à la lisière de sa petite culotte, assortie au bleu de son tee-shirt.

— C'est pourtant la vérité, murmura le conducteur, avec un petit sourire vague. Et pourtant, elle vaut beaucoup d'argent, tu sais ? Non seulement parce que c'est un modèle unique au monde, mais en plus parce qu'elle sait faire tout un tas de trucs dont les autres « bagnoles », comme tu dis, sont incapables.

— Comme quoi, par exemple ? demanda Marie, en lui adressant un long regard par en dessous, qui se voulait sans doute « irrésistible ».

— Tu le verras tout à l'heure… dans pas longtemps… souffla Amaury Mesnières, d'une voix brusquement changée, tandis que son visage énergique s'empourprait légèrement.

D'une esquisse de revers de main, il s'efforça de chasser le visage qui venait de s'inscrire devant ses yeux. Un visage de fille, paraissant très jeune, encadré de cheveux blonds coupés courts.

Le visage de Julie-Aude Sibrezac, alias Sissi.

Sissi, la « Vierge Lisse », comme elle lui avait dit que ses copines de la « Cité U » l'appelaient.

Sissi dont, après le « malencontreux accident » de la nuit précédente, il avait abandonné le corps sans vie, dans un fossé de la forêt de Bouconne, quelque part du côté de Toulouse.

Amaury Mesnières s'efforça de détourner les yeux des cuisses presque entièrement dénudées de Marie, pour se concentrer sur la route déserte qui déroulait son ruban noir devant le mufle de sa voiture.

Lorsqu'il s'était rendu compte que Julie-Aude était morte,

il avait commencé par paniquer. Mais, comme toujours, en toutes circonstances, son sang-froid avait très vite repris le dessus.

« Qu'est-ce que tu as à flipper comme un gamin ? s'était-il morigéné, dans le silence bruissant de la nuit. Tout le monde doit s'en foutre, de cette fille ! Et personne ne l'a vue monter dans ta voiture et partir avec toi. Alors ? Alors, tu as juste une chose à faire, mon vieux… »

Avec des gestes précis – même si ses doigts tremblaient un peu –, il avait défait les liens qui retenaient le corps sans vie de Sissi, sur le capot de la voiture, et l'avait fait rouler dans le fossé, sans même prendre la peine de chercher à le dissimuler.

« On croira au crime d'un vagabond, d'un détraqué sexuel… », s'était-il rassuré, avant de se remettre au volant pour aller se perdre dans la nuit. Pour achever de se détendre, il avait glissé, dans le lecteur du CD intégré au tableau de bord en loupe d'orme, la première suite pour violoncelle seul, de Jean-Sébastien Bach.

Et, depuis vingt-quatre heures, Amaury Mesnières se répétait que rien, mais vraiment rien ne pouvait le relier à cette fille morte…

Quelques kilomètres après le village de Rocheservière, Amaury Mesnières tourna soudain à gauche, sur une petite route étroite, en direction de Machecoul, puis de Pornic.

— Eh ! qu'est-ce vous faites ? demanda Marie, d'une voix intriguée. Je croyais qu'on allait jusqu'à Nantes, faire la fête dans un « Relais et Châteaux » ? C'est bien ce que vous m'aviez promis, non ?

— Et la mer ? répondit calmement Amaury Mesnières. Tu n'as pas envie d'aller voir la mer, avant ? Moi, si…

— La mer, la mer ! grommela Marie, en se renfrognant. Pour ce qu'on va en voir, par une nuit pareille… C'est que je commence à avoir la dalle, moi, en plus ! Il est quand même déjà dix heures et demie…

Amaury lui jeta un regard en coin, regard dont il l'enveloppa complètement.

Il trouvait que le hasard faisait vraiment bien les choses, Amaury. Le matin même, et malgré l'« incident » de la veille, il n'avait pas pu résister au désir de se connecter à Internet. Depuis sa voiture, qu'il avait fait équiper et connecter de façon à être constamment relié au Net, quel que soit l'endroit où il se trouvait. Rien que cette installation lui avait coûté environ deux fois le prix d'une petite voiture de série ordinaire…

Mais l'argent n'était pas un problème, pour Amaury Mesnières.

Presque machinalement, il s'était connecté sur l'un des nombreux sites où il savait pouvoir trouver des filles disposées à tout – ou à peu près tout –, pourvu qu'on y mette le prix. Il avait tout de suite été attiré par le pseudo de l'une d'elles.

LOLITA

Évidemment, ce n'était pas très original : depuis qu'il « surfait », il en avait vu défiler des camions, des soi-disant Lolitas. Dont certaines étaient plus proches de la ménopause que de la puberté…

Mais il avait quand même tenté sa chance, histoire de voir. Et il ne pouvait que s'en féliciter : cette Lolita-là avait mordu tout de suite à l'hameçon qu'il lui tendait. Un hameçon auquel, il faut le dire, il avait pris soin d'accrocher un gros paquet d'euros.

Au bout d'une vingtaine de minutes de conversation « pianotée » sur le clavier de leurs ordinateurs respectifs, elle n'avait fait aucune difficulté pour lui donner son adresse, rue Vital-Carles, dans le centre de Bordeaux. Ce qui avait évité à Mesnières d'avoir recours aux services de son ami Philippe Castelansky. Un vrai petit génie de l'Internet, Philippe : il ne lui avait pas fallu plus de 48 heures pour trouver la véritable adresse de la Cité U, en partant uniquement du nom de son site électronique…

Le fait que Lolita – qui lui avait très vite révélé s'appeler Marie – habite Bordeaux lui avait paru d'excellent augure, vu qu'il se trouvait encore dans la région de Toulouse et qu'il devait se rendre absolument à Nantes : elle se trouvait quasiment sur le chemin…

Amaury Mesnières jeta un nouveau regard pénétrant à sa compagne de voyage. Une fois de plus, il se dit qu'il avait quand même de la chance : Marie était exactement comme il fallait qu'une fille soit, pour l'exciter réellement. Enfin : *presque* exactement…

Ses cheveux assez courts étaient d'un châtain très clair, tirant sur le blond vénitien. Elle avait un visage mince, allongé, mais avec une bouche aux lèvres gonflées, pulpeuses à souhait ; et deux grands yeux noisette qui, à cause de leur forme légèrement tombante, paraissaient perpétuellement tristes.

Mais, le plus important, c'était que ce visage paraissait appartenir à une fille d'à peine 15 ou 16 ans.

Quant à son corps, il renforçait encore cette impression de grande jeunesse : des seins petits, des hanches quasi inexistantes, de longues jambes nerveuses ; et aussi une façon de bouger, brusque, anarchique, qui rappelait les premiers temps de l'adolescence.

Amaury Mesnières avait toujours été attiré par les filles très jeunes. Celles qui ressemblaient à de « vraies » femmes, comme il disait, le laissaient de glace. Pour s'exciter vraiment, il avait besoin de s'imaginer que c'était une quasi fillette qui geignait sous son corps puissant, sous ses coups de boutoir rageurs.

Seulement, Amaury Mesnières n'était pas du tout disposé à payer le prix exorbitant de cette attirance pour la jeunesse. Dangereuse, très dangereuse jeunesse, surtout en ces temps d'hystérie anti-pédophilique…

Alors, il contournait le problème, en se livrant à ses débordements sexuels avec des filles majeures, mais qui « faisaient » moins que leur âge. Beaucoup moins que leur âge, même, si possible.

Et c'était exactement le cas de Marie, qui, lorsqu'il était arrivé rue Vital-Carles, à Bordeaux, après avoir pris soin de garer sa voiture dans une petite rue quasi déserte, l'attendait en bas de chez elle, prête au voyage. La première chose que Mesnières avait demandé à voir, c'était… sa carte d'identité. Et il ne l'avait conduite vers sa voiture qu'après avoir lu qu'elle était née le 19 mars 1981.

Les yeux braqués sur la petite route, qui, à présent, parcourait une sorte de forêt de pins en larges boucles sinueuses, Amaury Mesnières posa doucement sa main droite sur la cuisse nue de Marie, qui eut un léger sursaut, mais écarta complaisamment les genoux, comme pour indiquer que la voie était totalement libre.

— En fait, murmura-t-il de sa belle voix grave, je n'ai pas vraiment envie de voir la mer. Mais tu me fais un tel effet que je ne pourrai jamais attendre jusqu'à l'hôtel ! J'ai envie de toi, maintenant !

Marie émit une sorte de gloussement flatté, et, sans aucune gêne, en fille habituée à aller droit au but, elle plaqua sa paume gauche sur la braguette gonflée d'Amaury.

— Dis donc, c'est vrai que tu bandes bien, petit cochon ! souffla-t-elle, d'une voix un peu « bébête » qui agaça Mesnières. J'ai hâte que tu me fasses reluire le minou, tu sais ! Je sens qu'on ne va pas s'ennuyer, toi et moi…

— Tu ne peux pas t'imaginer à quel point, grogna Mesnières entre ses dents, tandis que, par un coup de volant à gauche, il faisait quitter la route à sa voiture, pour l'engager dans un chemin forestier rectiligne.

Une cinquantaine de mètres plus loin, il quitta le chemin pour s'engager dans la forêt elle-même. Les pins, très hauts, étaient assez espacés les uns des autres, et le sol à leurs pieds suffisamment nu pour que la voiture puisse louvoyer entre eux sans problème.

Pendant qu'il faisait manœuvrer la grosse limousine entre les fûts rectilignes, et dénués de branches basses, Marie avait tranquillement fait descendre le « zip » de son pantalon de lin beige, et en avait extrait une colonne de chair brune et noueuse, d'une raideur et d'une consistance plus qu'honorable.

— Dis donc, t'es monté comme un âne ! dit-elle, avec un petit rire de gorge.

Au même moment, quelque part au-dessus d'eux, une chouette hulula deux fois, comme pour approuver l'appréciation qu'elle venait de porter.

— Tu vas me déchirer avec un engin pareil ! poursuivit Marie, tandis que ses doigts s'enroulaient autour du membre palpitant et chaud, pour le caresser doucement, en un lent et régulier mouvement de son poignet.

— Avec celui-là… non ! ne put s'empêcher de répondre Amaury, le souffle court et la voix étranglée, alors que, de nouveau, le visage blême de Julie-Aude passait devant ses yeux, tel un fantôme.

— Pas avec celui-là ? releva Marie, en cessant un instant sa caresse. Qu'est-ce que tu veux dire ?

— Rien, rien… continue de me branler doucement, haleta Amaury. Et soulève ton cul, que je t'enlève cette maudite culotte !

Marie obéit docilement, et Mesnières la débarrassa rapidement de la minuscule pièce de tissu bleu ciel, qui alla rouler sur l'épaisse moquette beige clair du sol. Amaury ne put réprimer une petite grimace de contrariété, lorsque ses yeux découvrirent le triangle de poils châtain clair qui s'épanouissait entre les cuisses dorées et longilignes de sa partenaire.

Lors de leur conversation initiale, sur Internet, c'est une des premières choses qu'il avait demandée à Marie : si elle s'épilait le « maillot ». Quand elle lui avait répondu non, il avait failli laisser tomber.

Car, pour que l'illusion de faire l'amour à une gamine à peine nubile soit parfaite, il était important, aux yeux de Mesnières, qu'elle ait un pubis aussi lisse et doux qu'un petit abricot.

Comme l'était celui de Julie-Aude, alias Sissi…

Mais, finalement, pris par le manque de temps, il avait passé outre ce « détail » : pour une fois, il ferait contre mauvaise fortune bon cœur…

C'est tout de même avec une certaine réticence qu'il plongea deux doigts dans le fruit onctueux et brûlant, dont les tendres pétales s'ouvrirent complaisamment à sa caresse impérieuse, presque brutale.

— Vas-y doucement, mon chéri ! hoqueta Marie, en renversant sa nuque sur l'appui-tête, tandis que la pression de ses doigts autour de la hampe frémissante s'accentuait malgré elle, sous l'effet de cette intrusion virile dans son ventre en fusion. Ah ! si tu savais comme c'est bon de te sentir tout au fond de moi, comme ça…

Elle poussa un petit cri de frustration, lorsqu'Amaury retira brusquement ses doigts de son intimité nacrée et luisante de désir.

— Justement, j'ai envie de voir, souffla-t-il, d'une voix devenue étrangement rauque. Envie de voir ce qui se passe dans ton ventre lorsque tu jouis ; J'ai besoin de « visionner » ton plaisir, espèce de petite chienne en chaleur !

Marie ne se formalisa pas de l'épithète employée par Mesnières : depuis trois ans qu'elle vendait ses caresses et son corps, elle avait eu le temps d'apprendre que beaucoup d'hommes sont excités par ce genre de mots. Et, dans la mesure où ça pouvait les faire jouir plus vite, Marie n'avait rien contre, la plupart du temps.

La plupart du temps… mais pas ce soir. Elle ne savait pas si c'était le luxe de la limousine, ou la nuit et la forêt autour d'eux, ou encore le charme raffiné et viril à la fois qui émanait de son compagnon d'un soir. Toujours est-il que, ce « client »-là, elle avait envie d'en profiter vraiment, depuis un moment. Pour tout dire, elle se sentait de moins en moins prostituée en plein travail et de plus en plus « petite chienne en chaleur », comme le mâle qu'elle caressait de plus en plus vite venait de la qualifier.

— Visionner mon plaisir ? haleta-t-elle, les joues violemment empourprées. Je pige pas, là…

— Tu vas comprendre très vite, gronda Amaury, dont le visage exprimait une sorte de colère contenue, qui parut bizarre à sa partenaire.

Il écarta brusquement sa main de son sexe en pleine érection, et pressa un petit levier de bakélite noire, à gauche du volant. Marie poussa un petit cri de surprise, en voyant un panneau du tableau de bord coulisser silencieusement vers la gauche, dévoilant une sorte d'écran vidéo, encastré directement dans la masse du bois.

— Wouaoh ! c'est génial ! s'exclama-t-elle. Et ça sert à quoi, ce truc ?

— Regarde bien devant toi, souffla Mesnières, les traits de plus en plus crispés. Non, plus loin… au bout du capot, là où se trouve l'écusson de la voiture… Tu y es ? Bon, et maintenant, regarde !

Marie vit Amaury Mesnières effleurer du bout de l'index un petit cadran rond, d'un vert pâle translucide, qui semblait comme éclairé de l'intérieur, puis un autre, légèrement plus petit et ovoïde. Aussitôt après, ses oreilles perçurent un bourdonnement très léger, grave, et elle poussa un cri de stupeur.

Autour d'elle, la voiture était en train de se métamorphoser littéralement. Métamorphoser en quoi ? Elle aurait été incapable de le dire précisément. *En autre chose.*

Ça avait commencé par le toit, qui, après s'être légèrement surélevé de l'avant, s'était mis à se replier entièrement. Mais pas en accordéon, à la manière d'un cabriolet classique. Non, là, les minces plaques d'aluminium moulé glissaient les unes sous les autres, vers l'arrière, avant de s'infiltrer entre l'arrière de l'habitacle et le coffre, jusqu'à disparaître entièrement dans l'épaisseur du châssis.

Dans le même temps, les montants latéraux, en aluminium extrudé, et les vitres avant et arrière disparaissaient au même rythme, dans l'épaisseur même des portes.

Mais le plus extraordinaire, c'est que le pare-brise avant faisait la même chose, s'enfonçant lentement et régulièrement entre le tableau de bord et le bloc moteur situé sous le capot.

Lorsque le bourdonnement cessa, au bout d'une trentaine de secondes, Amaury et Marie se trouvaient installés complètement à l'air libre, dans une sorte de barge de luxe, montée sur roues et équipée de cuirs et de bois précieux. Tout ce qui, à l'origine dépassait du niveau des portières et du tableau de bord avait disparu.

— C'est dingue ! murmura Marie, en ouvrant des yeux ronds comme des billes. Mais où est-ce que tu as acheté une caisse pareille ?

— Je ne l'ai pas achetée : je l'ai fabriquée, répondit Mesnières, avec une sorte de fierté dans la voix.

— Arrête ! je te crois pas…

— Peu importe ! fit sèchement Amaury, en reprenant brutalement possession du ventre de Marie, laquelle se cabra sous l'intrusion des doigts impérieux. On n'est pas là pour causer voitures, si ? Tiens, regarde plutôt le bout du capot, comme je te l'ai dit…

De la main qui lui restait libre, la gauche, Mesnières pianota quelques touches, sur le mini-clavier qui était intégré au centre du volant de la voiture.

Dans la seconde qui suivit, Marie vit l'écusson métallique circulaire – une sorte de serpent stylisé dont la gueule était remplacée par une pointe de flèche – disparaître lentement à l'intérieur du capot où il était fixé.

À la place, par l'ouverture circulaire, apparut lentement une sorte d'embout arrondi, que Marie n'identifia pas, dans les premières secondes.

Mais la chose se déployait rapidement hors du capot, s'allongeant comme un véritable serpent, se transformait en une sorte de tube, dont la surface présentait des irrégularités, un peu comme si cette chose était parcourue par des veines saillantes et…

Marie poussa un nouveau cri, et mit instinctivement la main devant sa bouche. Lorsque le mot « veine » s'était présenté à son esprit, la lumière s'y était faite brusquement, et elle avait identifié l'engin qui, à présent, jaillissait du capot d'une bonne vingtaine de centimètres.

C'était un membre viril.

Un faux, bien entendu. Ce qu'on appelle, en langage raffiné, un « olisbos », et en parler populaire un godmiché, ou même un god.

Celui-ci était d'un rose très pâle, et sculpté avec un réalisme hallucinant, au point que Marie avait l'impression qu'il y avait bel et bien un homme de chair et de sang allongé sous le capot, et dont la verge s'érigeait à travers l'aluminium moulé.

— C'est complètement dingue ! s'ébahit-elle, en tournant ses yeux brillants vers Amaury, dont la main droite continuait de fouiller son sexe ruisselant.

— Et encore, tu n'as pas tout vu, répondit celui-ci, le souffle court. Tiens, regarde...

De nouveau, de l'index et du majeur de sa main gauche, il pianota sur le mini-clavier du volant. Aussitôt, Marie vit une petite lumière blanche, très intense, s'allumer au bout du gland de caoutchouc. Et, en même temps, l'écran vidéo encastré dans le tableau de bord s'alluma.

Derrière eux, dans la hauteur des pins, un oiseau poussa un cri bref et aigu, comme pour protester contre ce faisceau lumineux intempestif.

— Mais à quoi ça sert, ce truc ? demanda Marie, les yeux écarquillés.

— Tu ne comprends toujours pas ? répondit Amaury, d'une voix débordante de passion, en se serrant brusquement contre elle, sans cesser de faire coulisser ses doigts à l'intérieur de son ventre totalement offert. Je t'ai dit que j'avais envie de voir comment fonctionnait ton plaisir. Eh bien ! c'est avec ça que je vais aller l'explorer : il y a une caméra miniature, au bout de ce god, reliée directement à l'écran que tu vois ici...

Marie en resta bouche bée pendant quelques secondes. Puis, soudain, elle parut comprendre ce qu'elle venait d'entendre. Ses pommettes et son front devinrent écarlates, et ses yeux se mirent à lancer des éclairs troubles. C'est d'une voix légèrement tremblante, et un peu plus rauque, qu'elle demanda à Amaury :

— Tu veux dire que je vais m'enfiler ce truc dans la

chatte et que, toi, ici, tu vas voir ce qui se passe à l'intérieur de mon ventre, pendant que je me branle avec le god ?

Ses yeux brillaient de plus en plus et elle se cambrait pour autant qu'elle pouvait, pour s'offrir plus profondément à la caresse des doigts masculins. Comme si elle s'excitait des mots obscènes qui sortaient de sa propre bouche.

— Oui, c'est exactement de ça que j'ai envie, là, maintenant, gronda Mesnières. Tu es d'accord, j'espère ?

Marie réfléchit à peine :

— C'est complètement vicelard, ton truc, mais je dois dire que ça m'excite pas mal. Tu sens comme je mouille, rien qu'à l'idée de m'empaler sur ta « bite-caméra » ?

— Alors, viens ! rugit Amaury, en ouvrant la portière de son côté.

Avant de descendre de voiture, il appuya sur la touche « escape » de son clavier, et, lentement, le god-caméra disparut sous le capot.

Puis, sans s'occuper de ce que faisait Marie, il se précipita vers le coffre, dont il sortit quatre cordelettes de nylon transparent.

— Tu vas m'attacher ? demanda Marie, une légère inquiétude dans la voix, que le grand sourire d'Amaury Mesnières suffit à balayer.

— Bien sûr... pour t'empêcher de glisser sur le capot, voilà tout ! Allez, mets-toi nue et viens t'allonger...

Avec des gestes rapides, presque fébriles, Marie se débarrassa de son tee-shirt, de sa jupe, ainsi que de ses sandales noires. Depuis quelques minutes, une petite brise nocturne, tiède et molle, s'était levée, et, en s'enroulant autour de son corps nu, fit frissonner Marie – de désir et d'impatience, plus que de froid ou d'appréhension.

En bombant complaisamment le torse, pour faire saillir ses petits seins à peine renflés, elle adressa à Amaury un sourire qui se voulait débordant de promesses vicieuses, puis elle grimpa sur le capot de la limousine.

— Voilà, allonge-toi à plat ventre, lui ordonna Amaury, derrière elle. Le menton à une trentaine de centimètres du bord du capot… C'est ça, parfait ! Maintenant, écarte les cuisses autant que tu pourras…

D'une docilité que sa propre excitation rendait encore plus parfaite, Marie s'exécuta. À la pensée de la vision affolante qu'elle devait offrir à son partenaire sur son intimité gonflée de désir, elle sentit son ventre s'humidifier encore davantage, et dut se mordre la lèvre pour ne pas gémir.

En même temps, une soudaine tension de sa jambe gauche, puis de la droite, lui indiqua qu'Amaury venait de lui lier les chevilles, au moyen des cordelettes, dont le nylon lui comprimait déjà la peau.

Il apparut dans son champ visuel, afin de lui attacher également les poignets, aux montants avant des deux portières. Elle fut frappée par l'éclat nouveau qui embrasait ses yeux d'un bleu profond. L'espace d'une seconde, Marie eut l'impression que ce regard la transperçait littéralement, qu'il cherchait à la clouer au capot tiède de la voiture, à pénétrer jusqu'au plus profond d'elle-même, pour y chercher…

Elle chassa ses pensées idiotes, en secouant la tête. Elle y fut aidée par le feu qui continuait de couver dans son ventre offert à tous les regards ; Sauf que, à part ceux d'Amaury, il n'y avait aucun regard, dans cette forêt de pins juste les caresses insidieuses de la brise nocturne, qui faisaient frissonner l'intérieur de ses cuisses écartelées.

— Et maintenant, c'est parti pour le grand orgasme ! claironna Amaury Mesnières, en revenant s'installer derrière son volant.

Son visage, comme déformé par une trop grande tension intérieure, était à quelques centimètres de celui de Marie, à qui il fit presque peur, tant il avait enlaidi, en l'espace de quelques minutes.

Brusquement, elle eut envie que toute cette dinguerie s'arrête. Qu'Amaury la détache, qu'elle remonte dans la voiture à côté de lui, et qu'il se contente d'une bonne petite pipe. Comme les autres, quoi.

Mais, en même temps, il y avait ce brasier, au profond de son ventre. Son ventre qui hurlait silencieusement, qui suppliait qu'on le pénètre…

Les yeux embués, le regard flou, Marie vit Amaury pianoter rapidement sur son clavier. Une seconde ou deux après, elle poussa un léger feulement de satisfaction : le god-caméra venait d'entrer en contact avec le mystère brûlant et velouté de son intimité.

Elle ne put retenir un long soupir de bien-être, lorsque le substitut phallique commença à se frayer un chemin en elle, avec une lenteur et une régularité délicieuse. Un soupir auquel vint se mêler, comme un contrepoint à la mélodie principale, le grognement d'aise d'Amaury Mesnières, dont les yeux exorbités s'étaient fixés sur l'écran vidéo incrusté dans la loupe d'orme du tableau de bord.

Cette fois, il en était sûr, il allait percer le secret. Comprendre ce qui se passait à l'intérieur d'une femme, lorsque l'orgasme déferlait sur elle.

Il allait enfin savoir comment ça marchait.

Sur le capot, malgré les liens qui l'entravaient, Marie s'était mis à onduler des hanches, afin de faire aller et venir en elle la verge de caoutchouc. Autour d'elle, la forêt sombre, et vaguement effrayante au début, s'était mise à bruire de mille soupirs et craquements, comme si d'hostile elle se faisait complice du plaisir qui montait de ses reins. La brise agitait mollement les aiguilles et les plus petites branches des pins, qui semblaient maintenant lui adresser de petits saluts malicieux et bienveillants.

Amaury Mesnières, la sueur aux tempes et au front, avait les yeux rivés sur le tableau de bord. Sur l'écran vidéo, apparaissait une sorte de tunnel rosâtre, à l'apparence moelleuse, humide, hérissé de petits nodules de couleur sanguine qui vibraient comme s'ils étaient vivants. L'ensemble ondulait, se dilatait, se rétractait, comme un animal primitif en convulsion.

Filmé par l'œil impavide qui était fixé au bout du substitut phallique, c'était le fourreau de tous les plaisirs qui s'offrait complaisamment aux regards hallucinés de Mesnières.

C'était là, précisément là, que le plaisir allait se déclencher. Et il allait comprendre, forcément. Il allait se passer quelque chose d'inouï, et lui serait aux premières loges…

Sur le capot, chevilles et poignets solidement entravés, Marie s'agitait de plus en plus fort, de plus en plus vite, s'empalant littéralement sur le pieu de caoutchouc qui pénétrait son ventre, transmettant à l'écran vidéo des images de plus en plus agitées, comme saisies de démence.

Elle haletait, tournant son visage empourpré vers

l'homme assis au volant, juste en face d'elle, comme pour le faire complice, partie prenante, du plaisir qui montait inexorablement de ses reins.

— Je… Je vais jouir ! haleta-t-elle, sur un ton rauque. Ooh ! c'est trop bon ! Oui ! ça vient ! Oh ! mon Dieu, je… Aah ! Ouiii !

Dans la voiture, les yeux toujours rivés à l'écran, Amaury Mesnières poussa un grognement de rage.

Il ne voyait rien ! C'est-à-dire, rien de plus que deux minutes plus tôt. L'orgasme était là, ravageant et tordant le corps couvert de transpiration de la fille ligotée sur son capot, et il ne se passait rien, sur l'écran. Les mêmes images, juste un peu plus tressautantes, mais rien qui permette d'expliquer la vague de plaisir qui, à présent, faisait hurler Marie sans discontinuer.

C'était comme d'habitude. Le même échec qu'avec les autres. La même désillusion insupportable que, la veille, avec Julie-Aude.

Et, comme avec Julie-Aude, Amaury refusa de s'avouer vaincu.

— C'est plus loin… plus profond… grogna-t-il, d'une voix qu'il eut peine à reconnaître pour la sienne. Il faut que j'aille voir plus avant, toujours plus loin…

Alors, du bout des doigts de la main droite, il mit le petit levier d'ivoire, à hauteur de sa cuisse, en position « drive », afin d'enclencher la boîte de vitesses automatique.

Aussitôt, avec un sursaut, la grosse limousine se mit à avancer lentement. Pratiquement dans le même temps, les cris et les halètements de Marie, qui se tordait dans ses liens sur le capot rutilant, redoublèrent d'intensité.

En raison d'un petit détail qu'Amaury Mesnières avait soigneusement omis de lui révéler, avant de l'attacher. Un petit « bricolage » qu'il avait lui-même conçu, et dont il était particulièrement fier.

Le godmiché qui sortait du capot avait la capacité de croître à la fois en longueur, mais également en épaisseur. Exactement comme un sexe d'homme qui entre en érection. Sauf que le substitut de caoutchouc outrepassait nettement les limites d'un sexe d'homme. Il pouvait dépasser les trente centimètres de long, pour un diamètre de presque dix centimètres.

Mais, le coup de génie, aux yeux d'Amaury Mesnières en tout cas, c'était que les variations de taille de l'engin télescopique *étaient directement et proportionnellement liées à la vitesse de la voiture*. En d'autres termes, c'était la pédale d'accélérateur, reliée électroniquement au phallus de caoutchouc du capot, qui commandait sa dilatation ou sa rétractation.

Les traits crispés, tendus, le visage ruisselant, Amaury Mesnières accéléra doucement, tenant le volant à deux mains pour louvoyer entre les troncs rectilignes des pins.

Les cris de jouissance de Marie se transformèrent en exclamations d'angoisse, à mesure que le membre de caoutchouc se dilatait et progressait dans son ventre en fusion.

« Pas trop vite, quand même, s'admonesta Mesnières mentalement. Pas comme avec Sissi… »

Mais, en même temps, il jeta un coup d'œil sur l'écran vidéo et eut un rictus de frustration. La micro-caméra avait continué de s'enfoncer dans le ventre de Marie, mais il ne se passait toujours rien,. rien de décelable, en tout cas. Alors que l'orgasme était là, tapi dans ces replis de chair rose, Amaury Mesnières en était certain. Il fallait aller plus loin, encore plus loin… Et tout de suite ! Il avait perdu assez de temps comme ça !

D'un mouvement brusque de la cheville droite, il enfonça la pédale d'accélérateur. Les 12 cylindres du moteur se mirent à rugir dans les graves, la voiture bondit en avant, faisant voler autour d'elle les aiguilles mortes des pins, qui formaient un épais tapis roux sur le sol nu.

Sur le capot, Marie poussa un hurlement de douleur et rua dans ses liens. Sur l'écran vidéo, Mesnières vit le fourreau soyeux et humide où progressait sa caméra se dilater brusquement.

Les dents serrées à s'en faire éclater les mâchoires, il accéléra encore.

Le hurlement de Marie se transforma en un râle inhumain, l'appel d'une bête à l'agonie. Et, brusquement, elle cessa de s'agiter dans ses liens de nylon.

Au même moment, Amaury Mesnières poussa un juron sonore, et relâcha la pédale d'accélérateur. La voiture parcourut encore quelques mètres, puis s'arrêta.

Mesnières passa le revers de sa main droite sur son front ruisselant et émit une sorte de sanglot de dépit. Il avait encore échoué.

Sur l'écran vidéo du tableau de bord, on ne distinguait plus rien. La caméra ne filmait plus qu'une sorte de marée rougeâtre, qui tanguait, allait et refluait au rythme des derniers soubresauts de Marie, qui geignait de plus en plus faiblement.

C'était le sang qui envahissait son ventre. L'hémorragie

provoquée par le membre de caoutchouc qui, obéissant aux impulsions transmises par l'accélérateur, avait continué de grossir et de grandir dans le corps de Marie, broyant ses chairs, faisant exploser les membranes délicates de son intimité, ravageant tout sur son passage.

Marie qui, à présent, sous le regard halluciné et crépitant de rage d'Amaury Mesnières venait de laisser retomber sa tête sur le capot, après un ultime soubresaut.

Et dont les yeux grand ouverts fixaient l'homme assis derrière le volant de leurs pupilles dilatées, qui ne reflétaient plus que le grand vide éternel de la mort.

CHAPITRE IV

— Arrête-toi, Boris : c'est là !

Obéissant à l'injonction de Yamina Tlili, assise à sa droite, Boris Corentin enfonça la pédale de frein de sa Peugeot 306 de service, et la rangea le long du trottoir du quai Sisley, à Villeneuve-la-Garenne.

Juste devant une maison bâtie sur deux niveaux, sans style particulier, aux murs recouverts d'un crépi rosâtre, et dont tous les volets étaient hermétiquement clos, à l'exception d'un seul, à droite de la porte d'entrée.

La « Cité U ».

Au moment où Boris Corentin et Yamina Tlili sortaient de la voiture, un clocher, quelque part, sonna dix heures. Il faisait un grand soleil, mais la température restait clémente, presque fraîche pour un début de mois de septembre.

— Bon, allons-y, décréta Corentin, en se dirigeant résolument vers le portail de bois, dont l'ouverture et la fermeture semblaient commandées électroniquement depuis l'intérieur de la maison.

Cette maison où une douzaine de filles vivaient quotidiennement – ou plutôt mimaient les gestes de la vie quotidienne –, sous les yeux immobiles mais inquisiteurs de quarante-trois caméras. Lesquelles retransmettaient ensuite tout ce qu'elles avaient enregistré aux divers abonnés du site *www.nymfolies.com.*

Après avoir réalisé, grâce aux photos contenues dans le dossier en possession d'Aimé Brichot, que la fille morte de Toulouse était cette Sissi qu'il avait remarquée sur Internet, Boris Corentin avait évidemment averti Charlie Badolini de sa découverte. Et lui avait demandé l'autorisation d'aller fureter un peu du côté de la fameuse maison de Villeneuve-la-Garenne. Autorisation aussitôt accordée par le commissaire divisionnaire.

C'est alors que Yamina Tlili était intervenue :

— Boris, emmène-moi avec toi ! l'avait-elle presque supplié. J'ai tellement peu souvent l'occasion d'aller sur le terrain… Prends-moi comme « auxiliaire d'enquête », puisque, de toute façon, ton collègue Brichot est parti pour Toulouse. Et puis, on ne sait jamais : peut-être que mes compétences en informatique pourront t'être utiles…

Boris Corentin – qui n'avait rien contre le fait de « promener » une fille aussi agréable et attirante que Yamina – avait reconnu que son dernier argument tenait la route. Et, à son tour, il avait arrangé le coup avec le commandant Philippe Simon, patron de la Befti à laquelle appartenait la jeune stagiaire, ex-«hackeuse ».

Ensuite, il lui avait encore fallu près d'une journée entière pour mettre la main sur Patrick Villedouin, le patron et créateur du site, afin de « solliciter » un rendez-vous auprès de lui. En fait de sollicitation, Boris Corentin lui avait clairement, et assez sèchement, fait comprendre que, vu son genre d'activités, il avait tout intérêt à trouver rapidement le temps de le recevoir...

On devait les guetter de l'intérieur car, avec un léger bourdonnement métallique, le portail de bois s'ouvrit, avant que Corentin ait le temps d'enfoncer le bouton de plastique bleu de l'interphone.

De même, Yamina et lui étaient encore à deux ou trois mètres de la porte d'entrée, lorsque celle-ci s'ouvrit, sur un homme d'une cinquantaine d'années, légèrement bedonnant et au crâne sérieusement dégarni. Corentin présuma qu'il devait s'agir de Patrick Villedouin.

Derrière lui, partiellement dans l'ombre du corridor, se tenait une femme plus jeune, à l'opulente crinière brune, vêtue d'un tailleur vert foncé, de coupe très classique, mais sous la veste duquel il était visible qu'elle ne portait rien de plus qu'un soutien-gorge. Si même elle en portait un...

— Vous êtes l'inspecteur Boris Corentin, je suppose ? fit Patrick Villedouin, sur un ton un peu trop chaleureux et avec un sourire commercial légèrement « surjoué ».

— Commandant Corentin, rectifia celui-ci. Maintenant, on dit commandant...

— Excusez-moi, je suis assez peu familier des usages de la police ! répondit Villedouin, en accentuant encore son sourire « Émail diamant ».

— Ce n'est pourtant pas faute d'avoir déjà eu affaire à elle ! rétorqua Corentin, en restant sérieux, lui, ce qui eut pour effet de faire disparaître la double rangée de dents blanches exhibée par son vis-à-vis.

— Eh bien ! entrez ! s'empressa Villedouin, en se reculant

dans le corridor. Je vous présente Geneviève Cripure, qui est en quelque sorte la seconde « maman » de toutes nos petites pensionnaires !

« Maman ? songea Boris *in petto*. C'est curieux, j'aurais plutôt eu tendance à dire maquerelle, moi... » Il n'en salua pas moins galamment la « maman » en question, laquelle lui adressa en retour un long regard caressant de ses grands yeux noirs, tandis qu'un sourire plein de gourmandise retroussait ses lèvres pulpeuses et rouges. Mais comme, juste après, elle enveloppa Yamina du même regard plein de convoitise, Boris se dit que c'était peut-être juste sa manière habituelle de souhaiter la bienvenue aux visiteurs.

Ou alors, elle était « à voile et à vapeur », comme on disait couramment...

— Si vous le voulez bien, nous allons passer dans la pièce que nous appelons ici la nurserie, déclama Patrick Villedouin, avec cet enthousiasme factice de représentant-placier en aspirateurs qui commençait à agacer Corentin. C'est la seule de la maison où il n'y a pas de caméras : nous serons plus tranquilles pour causer, n'est-ce pas ?

— Si ça ne vous fait rien, répondit Corentin, le visage fermé, j'aimerais mieux commencer par visiter les lieux, et rencontrer les... « collègues de travail » de Julie-Aude Sibrezac, afin de leur poser quelques questions...

Patrick Villedouin et Geneviève Cripure échangèrent un rapide coup d'œil embarrassé.

— C'est que... c'est un peu ennuyeux, finit par dire Villedouin, en grattant machinalement le sommet de son crâne déplumé et artificiellement bronzé. Les caméras tournent constamment, vous comprenez, et, vis-à-vis des abonnés...

— Écoutez-moi bien, monsieur Villedouin, articula Corentin d'un ton glacé. Je comprends tout à fait que vous ne vouliez pas perturber les petites habitudes de tous les voyeurs qui vous enrichissent. Seulement, je vous rappelle que le lieutenant Tlili et moi sommes ici parce que l'une de vos pensionnaires est morte assassinée. Et que le meurtre a eu lieu quelques heures seulement après qu'elle eut quitté votre « Cité U ». Par conséquent, je…

— Très bien, très bien, s'empressa Villedouin, avec une sorte de rictus douloureux. Nous allons arranger ça, n'est-ce pas Geneviève ? Après tout, nous n'avons rien à cacher, nous autres ! Sois gentille, va basculer toutes les caméras en mode « archives », le temps que nos amis aient le temps de faire leur travail.

Il se tourna vers Boris Corentin :

— On fait ça de temps en temps, s'il y a un vrai problème à régler : on remplace le direct par des images datant de quelques jours avant. Mais en avertissant les abonnés, hein, attention ! On est une entreprise honnête, n'est-ce pas !

— Personne n'en doute, monsieur Villedouin ! répliqua Boris, sans prendre la peine de voiler l'ironie de son ton de voix. Bon, on y va ?

Après avoir disparu une poignée de secondes dans la fameuse « nurserie », Geneviève Cripure était revenue près d'eux.

— Suivez-moi, dit-elle d'une voix caressante, qui fit froncer les sourcils à Yamina. Je vous emmène à la découverte de notre petit royaume !

— Ne soyez pas trop brusques avec nos filles, crut bon de recommander Patrick Villedouin : après tout, elles n'ont rien à voir dans toute cette malheureuse affaire, n'est-ce pas…

Corentin faillit lui rétorquer qu'il connaissait son boulot, mais il préféra s'abstenir. En suivant la démarche un peu trop chaloupée de Geneviève Cripure, Boris Corentin et les deux autres traversèrent le corridor. Geneviève ouvrit une première porte, sur sa droite.

— L'une des trois salles de bains de la Cité U ! annonça-t-elle avec un grand sourire.

À côté de Boris, Yamina eut une sorte de petit hoquet de surprise, en découvrant, à l'intérieur de la pièce envahie d'une vapeur chaude et blanche, une fille blonde assez mince, complètement nue et occupée à essuyer l'intérieur de ses cuisses avec une petite serviette rose. Le tout sous l'œil des deux caméras braquées sur son corps à la peau laiteuse.

En voyant Boris et Yamina s'encadrer dans la porte, elle leur fit un grand sourire ainsi qu'un petit signe de bienvenue de la main gauche.

Comme si elle trouvait parfaitement naturel que des inconnus entrent dans sa salle de bain pendant qu'elle s'y trouvait.

— Je vous présente Sylvie, fit Geneviève Cripure, d'un ton parfaitement naturel. Si vous avez des questions à lui poser, je suis certaine qu'elle se fera un plaisir de vous répondre. Pas vrai, ma chérie ?

— Bien sûr, c'est cool ! répondit Sylvie, sans cesser de frotter le triangle doré qui ombrait le bas de son ventre très légèrement rebondi.

— Je préférerais quelqu'un d'un peu plus… habillé, soupira Corentin, en refermant la porte de la salle de bain. Le mieux, d'ailleurs, serait que vous nous présentiez celles de vos pensionnaires qui étaient les plus proches de Julie-Aude Sibrezac…

— Dans ce cas, on va aller retrouver Djamila. Je crois qu'elle est au salon avec Christine. Inséparables, ces deux-là. Allez, venez…

Dans le salon en question, dont l'atmosphère confinée était encore alourdie par les différents parfums de femme qui s'y mélangeaient, se trouvaient quatre filles. Une petite rousse qui lisait un livre, à l'écart des autres : une autre dont on ne voyait ni le visage ni les cheveux parce qu'elle leur tournait le dos et était penchée face à une étagère remplie de CD ; et enfin, sur le canapé, quasiment vautrées l'une sur l'autre, une grande blonde et une brune frisée, à la peau chocolat au lait et aux grands yeux sombres, dont Corentin devina, à son type de beauté sensuelle, qu'elle devait être la Djamila en question.

Mais le plus étonnant, c'est que les quatre filles étaient vêtues exactement de la même façon : le corps simplement enroulé dans une grande serviette de bain, nouée à hauteur des seins. Si bien que, à chacun des mouvements ou gestes qu'elles faisaient, les pans s'écartaient et dévoilaient l'essentiel de leurs corps, intégralement nus en dessous. Djamila, notamment, était vautrée sur le velours du canapé, jambes écartées, la serviette rejetée de part et d'autre de son corps voluptueux, sans rien cacher de sa poitrine opulente ni du triangle noir et profus qui s'épanouissait au bas de son ventre.

Boris se souvint de ce que Patrick Villedouin lui avait expliqué, lors de leur contact téléphonique :

— Il y a des journées à thèmes, à la Cité U. Ça peut être

la journée des fleurs, ou le week-end *topless*, plein d'autres trucs très amusants encore…

Boris supposa que Yamina et lui étaient tombés sur une journée « sortie de bain »

— Dites donc, les filles, ça vous ennuierait de prendre une posture décente, quand nous avons des visiteurs ? dit Geneviève Cripure de sa voix un peu trop métallique et sèche.

La blonde – qui devait être la Christine évoquée par Geneviève Cripure – rabattit avec une certaine hâte sa serviette devant son corps pâle, mais la brune Djamila ne fit même pas semblant de voiler ses formes généreuses. Au contraire, Corentin eut l'impression qu'elle bombait légèrement le torse pour faire saillir ses gros seins, aux larges aréoles violettes, et écartait imperceptiblement les cuisses.

— Bon, moi, je vous laisse, j'ai énormément de travail, se hâta de dire Patrick Villedouin, avant de filer vers la porte. Si vous avez besoin de moi, je suis à mon bureau, dans la nurserie…

Geneviève fit rapidement les présentations. Aussitôt, le sourire enjôleur, un peu vulgaire de Djamila disparut, et fut remplacé par une expression de sincère chagrin. Simultanément, la rousse qui lisait dans son fauteuil à l'écart et celle qui inspectait la collection de CD quittèrent ostensiblement la pièce. Encore deux qui ne devaient pas apprécier la police à sa juste valeur…

— Pauvre Julie-Aude ! soupira Djamila, cette fois en rabattant les pans de sa serviette devant elle. J'arrive pas à comprendre ce qui a pu se passer…

— On est là pour essayer de le comprendre, justement,

répondit doucement Corentin, en s'asseyant à côté d'elle sur le canapé, tandis que Yamina parcourait le salon, le nez en l'air, cherchant à repérer les caméras. Lundi dernier, Julie-Aude est partie à quelle heure d'ici ?

Djamila haussa les épaules et eut un geste vague de la main droite :

— J'en sais rien au juste. Entre six et sept, probable... Juste après son tour de *chat*, quoi...

— Son tour de *chat* ? répéta Boris Corentin, un sourcil levé. Geneviève Cripure prit la parole d'autorité pour lui expliquer brièvement comment ça fonctionnait.

— C'est intéressant, ça, fit aussitôt Boris. Il faudrait avoir une copie des conversations qu'elle a pu avoir lundi soir et...

— C'est impossible ! le coupa Geneviève, de sa voix métallique. Tous les soirs, nous effaçons toutes les conversations de la journée avec les abonnés. Par souci de discrétion, vous comprenez...

— Donc, on ne peut pas savoir à qui Julie-Aude a parlé ce dernier soir, soupira Corentin, déçu.

— C'est ce qu'on va voir ! claironna alors Yamina, derrière lui. Conduisez-moi à l'ordinateur qui est utilisé pour le *chat*, et vous allez voir, si on ne peut pas récupérer les conversations de lundi !

— Tu crois vraiment que tu peux le faire ? demanda Boris, en tournant la tête vers sa coéquipière.

— Je ne crois pas : je suis sûre ! répondit-elle avec un grand sourire. La plupart du temps, quand les gens croient « nettoyer » complètement leur disque dur, ils oublient de balayer aussi dans les coins sombres ! Résultat, les fouineurs dans mon genre peuvent aller y chercher des choses qu'on n'a pas forcément envie qu'ils y trouvent : on passe notre temps à ça, à la Befti !

— Très bien, fit Boris, en s'adressant à Geneviève Cripure : veuillez accompagner mademoiselle Tlili et lui indiquer l'ordinateur dont s'est servi Julie-Aude Sibrezac le dernier soir qu'elle a passé ici.

Quand les deux femmes eurent quitté le salon, Corentin regarda alternativement Djamila et Christine avec un petit sourire engageant :

— Et si on en profitait pour causer un peu, tous les trois ? Racontez-moi comment c'est, la vie dans ce genre d'endroit bizarre…

Le sourire réapparut, sur les lèvres gonflées de Djamila. Comme par magie, les pans de sa serviette de bain s'écartèrent de nouveau, dévoilant son ventre plat, ses gros seins fermes en forme de poire, et le triangle dru niché entre ses cuisses rondes.

— Pourquoi parler, alors qu'on pourrait s'amuser un petit peu ? roucoula-t-elle, en écrasant sa lourde poitrine contre le bras de Boris, tandis qu'elle laissait sa main s'égarer un peu trop haut sur sa cuisse. D'autant que les caméras ont été coupées, ça serait bête de ne pas en profiter ! Ça te dirait qu'on s'occupe bien de toi, ma copine Christine et moi ? Je suis sûr que tu bandes déjà, rien que d'y penser, beau flic !

Boris Corentin la repoussa gentiment, en s'efforçant de prendre un air sévère… que démentait cruellement la grosse barre rigide qui déformait son jean.

— Vous oubliez que je suis en service, mesdemoiselles ! Et puis, je vous rappelle que je suis ici pour essayer de retrouver l'assassin de votre amie Julie-Aude…

Instantanément, les sourires égrillards s'évanouirent et les mains baladeuses disparurent.

— Moi, il y a une chose que je pige pas, fit Djamila d'une voix sombre : comment est-ce que Julie-Aude a pu partir d'ici vers sept heures du soir et être retrouvée morte le lendemain matin dans le coin de Toulouse ? Alors qu'elle était censée revenir à la Cité U à partir de midi ! Non, ça ne tient pas debout...

Boris Corentin ne jugea pas utile de lui dire que ça tenait encore moins debout que ce qu'elle s'imaginait. Dans la mesure où, d'après le rapport du médecin légiste de Toulouse, dont Aimé Brichot lui avait communiqué les grandes lignes par téléphone, la veille au soir, la mort de Julie-Aude Sibrezac était intervenue *entre minuit et trois heures du matin.*

Ce qui voulait dire que, si elle avait bien quitté Villeneuve-la-Garenne vers sept heures du soir, elle avait à peine eu le temps matériel de rejoindre le lieu de sa mort, ce qui était pour le moins étrange.

— Elle avait un petit copain, Julie-Aude ? demanda-t-il aux deux filles qui l'encadraient.

Djamila ouvrait la bouche pour répondre, lorsque la porte du salon s'ouvrit brusquement, pour laisser entrer Yamina Tlili, grand sourire aux lèvres, et brandissant une feuille de papier bleu ciel à la main droite.

— Ça y est, j'ai réussi à retrouver les conversations qu'a eues Julie-Aude lors de sa dernière séance de *chat* ! annonça-t-elle triomphalement. Cela dit, je n'ai pas l'impression qu'on puisse en tirer grand-chose...

— Fais voir un peu, fit Boris en tendant la main pour

saisir la feuille de papier pliée en deux. En la saisissant, il réalisa qu'il n'y avait pas une, mais quatre feuilles, couvertes de dialogues en simple interligne.

— Heureusement, encore, que j'ai pu basculer tout ça sur l'ordi de la bibliothèque qui, lui, est couplé avec une imprimante, soupira Yamina, sinon j'étais bonne pour tout recopier à la main !

Boris Corentin ne l'écoutait plus, occupé à parcourir les feuillets les uns après les autres. Effectivement, Yamina avait raison : c'était sans intérêt, pour ce qui les concernait : du marivaudage qui se voulait « osé » et qui n'était qu'un peu bébête, d'après Corentin. Sans parler des pseudonymes des abonnés qui prêtaient le plus souvent à rire, tellement ils étaient dénués d'imagination.

Sans intérêt... jusqu'au moment où ses yeux se posèrent sur un nouveau pseudo, justement, qui le fit sursauter. Et la suite du dialogue avec Julie-Aude l'intéressa tout autant.

— Tu as trouvé quelque chose ? demanda Yamina, qui le regardait lire, les sourcils froncés ;

— Peut-être, répondit-il, en lui tendant l'une des feuilles imprimées. Tiens, jette un coup d'œil à ça...

K 2000 : Vos seins sont admirables, chère Sissi, et vous le savez fort bien, commença à lire Yamina, en passant machinalement un bout de langue rose sur ses lèvres pleines. De même que le reste de votre corps parfait. Je suis certain que votre peau doit être incomparablement douce au toucher, je me trompe ?

SISSI : Bonsoir, K 2000, ça me fait plaisir de vous retrouver. :-) Ça va comme vous voulez ?

K 2000 : Ça carbure à six mille tours, puisque vous êtes

là, juste en face de moi ! J'aime beaucoup votre petite jupe plissée d'écolière sage. Mais j'aimerais encore mieux voir quel genre de moteur se cache sous ce luxueux capot...

SISSI : Vous ne voulez pas être raisonnable et vous contenter de mes modestes air-bags ?

K 2000 : C'est vrai qu'ils sont charmants ! Mais c'est votre mignon petit carburateur qui m'intéresse. Je suis sûr qu'il est capable d'un taux de compression affolant. Rien que d'y penser, mon piston... enfin bref !

SISSI : je ne sais pas exactement ce que vous entendez par « taux de compression », mais je suis sûre que ça doit être très très cochon, vous connaissant ! Tenez, parce que vous êtes gentil tout plein, je vais vous le montrer, mon petit... carburateur !

K 2000 : quel délicieux petit moteur, ma chère Sissi ! Je suis sûr qu'il doit être capable d'emmener un homme très loin... Voulez-vous que nous entreprenions ensemble ce voyage au pays du plaisir ? Ma voiture est à votre disposition, vous le savez, n'est-ce pas ?

SISSI : vous n'êtes vraiment pas raisonnable : je vous ai déjà dit plusieurs fois qu'il nous était formellement interdit d'avoir le moindre contact physique avec nos amis abonnés ! Je me ferais renvoyer si j'acceptais de vous rencontrer ! Vous êtes un méchant, d'insister comme ça. :-(

K 2000 : Il suffirait que personne ne le sache, chère Sissi. Par exemple, je pourrais venir vous attendre à la sortie de la Cité U et vous proposer gentiment de vous raccompagner chez vous, qu'est-ce que vous en dites, très chère amie ?

La conversation s'arrêtait là, et Yamina rendit la feuille à Corentin, lequel s'était levé du canapé et lui fit signe de le suivre hors du salon.

Ils retraversèrent le corridor et Corentin ouvrit la porte donnant sur le minuscule jardinet séparant la maison du quai Sisley.

— Il n'y a rien qui t'a frappée, dans de dialogue ? demanda Boris à Yamina, lorsqu'ils furent de nouveau à l'air libre de la rue.

Elle haussa légèrement les épaules :

— À part que ce type, si j'en juge par son vocabulaire érotique un peu particulier, m'a tout l'air d'être un maniaque de la bagnole, je ne…

— Un maniaque de la bagnole, tu l'as dit ! la coupa Corentin, sur un ton excité. Et pas seulement parce qu'il a demandé à cette pauvre Julie-Aude ce qu'elle avait « sous le capot ». Il y a son pseudo, aussi : K 2000, ça te dit quelque chose ?

— Euh… pas vraiment, non, soupira Yamina.

— Normal, tu es trop jeune, sourit Corentin. C'était une série américaine idiote, il y a une vingtaine d'années. Jouée par David Hasselhof, le beau gosse de « Alerte à Malibu », tu vois qui je veux dire ?

— Très bien, oui ; Sauf que je ne le trouve pas si beau gosse que ça, moi ! Un peu trop « garçon coiffeur » pour mon goût personnel…

— Peu importe ! rigola Boris. Ce qui compte, c'est le personnage principal de la série : c'était une voiture futuriste ! Capable de parler, de s'auto-piloter, de sauter par-dessus les obstacles, etc.

— Je vois le genre… fit Yamina avec une petite grimace de dédain.

— Donc, il y a gros à parier que cet abonné est un mordu de la voiture, enchaîna Corentin. Et, en plus, il propose à Julie-Aude de venir la chercher à la cité U *et de la raccompagner chez elle en voiture*. Or, nous savons que la malheureuse a été tuée entre cinq et sept heures après sa sortie de la maison. C'est-à-dire à peu près le temps qu'il faut pour rejoindre Toulouse avec une voiture puissante !

Yamina resta silencieuse quelques secondes, avant d'objecter :

— Je reconnais que c'est assez troublant, ton truc, mais tu oublies une chose, Boris : les abonnés au site de Villedouin n'ont aucun moyen de savoir où se situe la maison qui abrite les filles…

Corentin eut un petit sourire mi-indulgent, mi-ironique :

— Voyons, Yamina, c'est *toi* qui me dis ça ? Tu peux me jurer que, avec toutes tes connaissances de l'informatique et d'Internet, tu serais vraiment incapable de trouver une adresse physique à partir d'un site ?

Yamina rougit légèrement, et répondit, avec de la fausse modestie dans la voix :

— Non, évidemment ! Moi, je pourrais le faire, mais…

— Eh bien ! la coupa Boris, si toi tu en es capable, d'autres le sont sûrement aussi ! Et pourquoi pas le mystérieux K 2000 ? Il se pointe ici, lundi soir, aborde Julie-Aude, l'embarque dans sa voiture après l'avoir un peu baratinée et…

Boris Corentin fut interrompu par la sonnerie de son téléphone portable qui, dans la poche gauche de son blouson, se mit à jouer la « marche turque » de Mozart sur un rythme horriblement faux.

— Attends, je rêve, là ! s'égosilla Yamina, l'air éberlué. Ne me dis pas que *toi*, tu as programmé la marche turque sur ton téléphone, comme n'importe quel « mimile » venu !

— Ce n'est pas *moi* qui l'ai programmée, si tu veux savoir, grommela Boris, en empoignant le petit appareil bleu marine et gris. Ce sont les jumelles de Brichot qui se sont amusées avec, l'autre soir...

Justement, il reconnut tout de suite la voix de son fidèle coéquipier.

— Salut, Mémé ! Toujours dans la Ville Rose[1] ? Hein ?... C'est pas vrai ?.... Et où ça ?.... Alors là, ça change tout ! Bon, écoute, je vois avec Baba ce qu'on décide de faire et je te rappelle, d'accord ? Allez, salut, vieux frère !

Boris Corentin coupa la communication et remit le portable dans sa poche.

— On peut savoir ce qui se passe ? demanda Yamina, en se plantant devant lui. Tu as l'air excité comme une puce, tout d'un coup...

— Il y a de quoi, répondit-il : Mémé vient de m'avertir qu'une deuxième fille vient d'être retrouvée, assassinée à peu près de la même manière que Julie-Aude Sibrezac, moins de vingt-quatre heures plus tard.

— Merde alors ! Toujours dans le coin de Toulouse, je présume...

Une petite flamme dansait dans les yeux de Boris Corentin, la même qui s'allume généralement dans les

1 Surnom donné à Toulouse, en fonction de la couleur de la pierre qui a servi à bâtir la plupart des hôtels particuliers du XVIe siècle que compte encore la ville, ainsi que beaucoup de bâtiments ultérieurs.

pupilles des grands prédateurs, lorsqu'ils viennent de renifler une piste toute fraîche et un gibier à leur mesure.

— Eh bien ! non, figure-toi, répondit-il à sa jeune coéquipière. D'après le fax qui a été transmis à Aimé Brichot par Charlie Badolini, la deuxième fille a été retrouvée dans un petit bois de pins maritimes, aux environ de Nantes…

Boris prit une profonde inspiration, avant de laisser tomber :

— Soit à plus de quatre cents kilomètres de l'endroit où on a retrouvé le premier corps !

CHAPITRE V

Le volant tenu négligemment d'une main, la gauche, Amaury Mesnières remontait l'autoroute A11, en direction de Paris. Il avait quitté Nantes environ deux heures plus tôt, vers midi, et se trouvait maintenant entre Le Mans et Chartres. Le temps était beau, l'air tiède, la circulation était fluide, et Amaury Mesnières se sentait satisfait de lui-même.

Bien sûr, il y avait les deux « incidents ». Mais ça ne lui paraissait pas si grave que ça pouvait en avoir l'air, à première vue.

Deux filles de plus ou de moins à la surface de la terre, quelle importance ?

Mesnières effleura la touche du clignotant gauche, dans l'épaisseur même du volant, et déboîta pour doubler le camion de déménagement, immatriculé dans le Périgord, qui se traînait devant lui.

À la simple sollicitation de son pied droit sur l'accélérateur, le régulateur automatique de vitesse se coupa, et les douze cylindres du moteur se mirent à rugir en même temps, envoyant un frisson de plaisir dans la colonne vertébrale de

Mesnières.

Quand il se trouvait au volant de sa voiture, c'est-à-dire la plupart du temps, il se sentait comme une sorte de Dieu. Tout-puissant, invulnérable. Soustrait à la morale commune des petits hommes.

Unique. Exactement comme l'était le luxueux bolide qu'il pilotait.

Amaury Mesnières était pratiquement né dans une voiture. En tout cas, il était « tombé dedans », comme on dit, dès qu'il avait été en âge de marcher et d'accompagner Daniel Mesnières, son père, au grand garage que celui-ci dirigeait, dans la banlieue ouest de Paris. Il se souvenait toujours avec délices des heures passées dans l'immense atelier, seul avec son père, le soir, après le départ des mécaniciens, des tôliers, des peintres, etc.

Là, il regardait avec passion cet homme qui lui paraissait immensément grand, indestructible, plonger ses grosses mains dans les moteurs et leur rendre littéralement la vie, à force de science et d'amour.

Car c'était bien d'amour qu'il s'agissait, Amaury l'avait compris très vite. Les voitures, ou du moins certaines d'entre elles, n'étaient pas de simples assemblages d'acier, de plastique, de bois, etc.

C'étaient des êtres vivants, qu'il fallait chérir, entourer de soins, si l'on voulait qu'elles donnent le meilleur d'elle-même.

Il y avait une règle intransgressible, dans le garage de Daniel Mesnières : lorsque l'une de ses voitures « vivantes » arrivait pour une réparation, ou même un simple entretien, aucun des quinze ou vingt mécanos de l'atelier n'avait le droit d'y toucher. Les Jaguar, Maserati, Porsche, Ferrari, Mercedes haut de gamme, Aston Martin, etc., étaient réservées au patron. Lui seul avait le droit de soulever leur capot et de plonger ses bras dans cette chose magnifique, bouleversante, enivrante : le moteur.

Lorsque Daniel Mesnières était mort brutalement, d'une rupture d'anévrisme à l'aorte abdominale, Amaury avait 26 ans. Il venait tout juste de rentrer en France après un circuit d'initiation à l'automobile, qui l'avait conduit des ateliers de General Motors, aux Etats-Unis, à ceux de Rolls Royce, en Angleterre, de Ferrari, en Italie, ou de Daimler en Allemagne.

C'est aux Etats-Unis, précisément, en découvrant les ahurissantes limousines qu'on ne trouve pratiquement que là-bas – et dans quelques émirats pétroliers...– , qu'Amaury Mesnières avait eu son idée, mise en pratique dès la reprise du garage paternel.

Pourquoi s'embêter, s'était-il demandé, avec de misérables petites voitures de série, des « sous-automobiles », alors qu'il y avait moyen de s'occuper uniquement de celles qui en valaient la peine ?

Et pourquoi se restreindre à simplement les entretenir, alors qu'on pouvait les fabriquer ? Les créer !

C'est comme ça qu'était née la toute première Mesnières, sortie des ateliers à la fin des années quatre-vingt. Depuis, Amaury Mesnières et son équipe – une trentaine de personnes, d'à peu près tous les corps de métiers se rapportant à l'automobile – en sortaient une cinquantaine par an.

Rien que des modèles uniques au monde. Chaque Mesnières était imaginée, dessinée, pensée, réalisée et fabriquée, en fonction des désirs et des souhaits d'un client précis; C'était de la voiture sur mesures. De l'automobile « haute couture ». Chaque pièce – carrosserie ou moteur, sellerie et accessoires divers – était conçue et usinée par Mesnières et son équipe. Chaque voiture était dotée de tous les équipements et innovations de pointe, dont beaucoup n'étaient même pas encore utilisées sur les voitures de série, y compris les plus prestigieuses.

Évidemment, ce genre de luxe avait un prix. Amaury Mesnières avait un carnet d'adresses où figuraient environ quatre cents noms, répartis sur les cinq continents de la planète.

Et aucun d'eux n'avait jamais fait un chèque de moins d'un million de dollars – car, quand on passait commande d'une Mesnières, on la réglait en dollars exclusivement. Des tarifs qui n'empêchaient pas les carnets de commandes d'Amaury d'être systématiquement pleins pour les trois années suivantes.

En fabriquant et en livrant une cinquantaine de véhicules dans l'année, il engrangeait, bon an mal an, des bénéfices nets de l'ordre de dix à douze millions de dollars. De quoi vivre…

Mais, aux yeux d'Amaury Mesnières, sa plus belle réussite, le fleuron de ses ateliers, son chef-d'œuvre, c'était la AM 1 (AM pour Amaury…), au volant de laquelle il venait de franchir le péage de Saint-Arnoult, à mi-chemin entre Chartres et Paris.

Celle-là, il l'avait entièrement conçue lui-même, de façon à ce qu'elle devienne véritablement sa maison. Son petit palace roulant. Vu sa longueur dépassant les cinq mètres, elle ne passait évidemment pas inaperçue. Mais, en même temps, Mesnières avait pris soin de lui donner un « look » très classique, pas tape-à-l'oeil pour deux sous, de façon à ne pas être le point de mire des « petits hommes » qui la voyaient passer. De fait, la AM 1 pouvait à la rigueur passer, aux yeux d'un non-spécialiste, pour une très grosse Mercedes.

Évidemment, si les mêmes badauds avaient pu se glisser à l'intérieur, ils n'en auraient sûrement pas cru leurs yeux. Outre le fait qu'elle était reliée à Internet, équipée de deux téléphones, d'un fax, de la télévision, chaîne laser, webcam, etc., la AM 1 était surtout entièrement modulable. Tout pivotait, coulissait, s'escamotait ; les sièges avant étaient transformables en véritables couchettes, les vitres se teintaient et s'obscurcissaient en moins d'une minute, de façon à ce qu'on puisse y dormir même en plein jour.

Et puis, il y avait les aménagements plus secrets, ceux qu'Amaury Mesnières avait réalisés lui-même, tout seul. Et seulement après que la voiture eut été homologuée par les Mines. Le god-caméra télescopique dissimulé sous le capot avant était l'un de ces « aménagements », mais il était loin d'être le seul…

Perdu dans ses pensées, Amaury Mesnières faillit rater l'échangeur de Bois d'Arcy, où il devait quitter l'autoroute pour reprendre la RN 12 durant quelques kilomètres. Car les ateliers Mesnières, situés d'abord sur l'emplacement de l'ancien garage de son père, mais déplacés quelques années plus tard, se trouvaient en bordure de la forêt de Bois d'Arcy, dans la ZI des Gâtines.

Et c'est précisément là que Mesnières se rendait, une ou

deux fois par semaine, pour « resserrer les boulons », comme il aimait le dire. Le reste du temps, il dirigeait son entreprise depuis sa voiture, grâce à tous les moyens de communication ultra-modernes dont il l'avait équipée. Ce qui lui permettait de sillonner la France et l'Europe au gré de son humeur vagabonde.

Une fois passé l'échangeur, il donna une légère impulsion sur deux touches du clavier incrusté dans son volant, afin d'obtenir l'un des numéros mis en mémoire dans son téléphone « mains libres ». En l'occurrence, celui de Pamela Valorge, son assistante personnelle, véritable « sas » par lequel tout le monde, sans exception, devait passer pour parvenir jusqu'à lui.

Car Amaury Mesnières ne répondait jamais au téléphone, lorsqu'il était au volant de l'AM 1, partant du principe qu'il n'avait pas à se laisser « sonner » par qui que ce soit.

Pour lui parler, il fallait donc passer par Pamela Valorge, laquelle expédiait un e-mail à son patron, dans la voiture. Et, ensuite seulement, Amaury Mesnières rappelait la personne qui souhaitait lui parler.

La rappelait… ou pas.

Son assistante décrocha au bout de la deuxième sonnerie, et sa voix mélodieuse, presque chantante emplit l'habitacle de l'AM 1 :

— Entreprise Mesnières, je vous écoute…

— Pamela ? C'est moi…

— Ah ! bonjour, monsieur ! Je suis bien contente que vous appeliez, parce que je dois vous…

— Ça va, Pamela, la coupa sèchement Mesnières. Pas la peine de vous affoler : je suis à dix minutes des ateliers et j'arrive ! Appelez donc le traiteur de Saint-Cyr-l'École et commandez-nous de quoi déjeuner : nous avons du travail, vous et moi, c'est compris ?

Il y eut un bref silence, puis Pamela Valorge répondit, d'une voix légèrement plus rauque, comme oppressée :

— Très bien, monsieur, je m'en occupe tout de suite…

Amaury Mesnières coupa la communication, avec un petit sourire aux lèvres. Pamela savait parfaitement à quoi elle devait s'attendre. Et il était certain que ça ne lui déplaisait pas du tout…

Quelques minutes plus tard, le mufle profilé de l'AM 1 se présentait face à la grille qui barrait l'accès des ateliers Mesnières. Le petit homme sec, en uniforme gris, qui se tenait dans le poste de contrôle vitré, reconnut tout de suite la voiture, se pencha légèrement pour vérifier que c'était bien son patron qui se trouvait au volant, et déclencha l'ouverture électronique de la barrière.

Amaury Mesnières contourna le long bâtiment métallique qui abritait l'essentiel des ateliers de montage, et alla se garer sur le petit parking parsemé de bouleaux et de petits massifs de pelouse soigneusement entretenue, juste en face du bâtiment bleu ciel à un étage, qui abritait les bureaux.

Comme Amaury Mesnières se targuait d'être un patron « moderne », il n'avait pas de place de parking réservée, et se garait là où il y avait de la place, comme les autres employés, « à la bonne franquette ». Sauf que personne, cadres ou employés, ne se serait hasardé à laisser sa propre voiture sur la place située la plus proche de la porte du bâtiment, dans la mesure où tout le monde savait que c'était la préférée du patron…

Amaury Mesnières saisit la grosse mallette de cuir acajou, posée sur le siège passager de l'AM 1, descendit de la voiture dont il referma doucement, presque amoureusement la portière, entièrement moulée en fibres de carbone, afin d'alléger au maximum le véhicule.

— Fermé ! dit-il à voix haute, en tournant la tête vers le rétroviseur extérieur. Aussitôt le micro qui y était dissimulé transmit le son de sa voix au logiciel d'identification vocale se trouvant sous le tableau de bord.

Ayant reconnu son « maître », l'AM 1 se verrouilla automatiquement.

Avec une petite grimace satisfaite, Amaury Mesnières grimpa en deux enjambées les quatre marches qui permettaient d'accéder au hall d'accueil. Dont les murs s'ornaient de grandes photos en quadrichromie des plus beaux spécimens automobiles sortis des ateliers Mesnières depuis la création de l'entreprise.

Il répondit à peine au salut de Virginie, l'hôtesse blonde, assise derrière son comptoir de bois clair, et se dirigea vers le fond du couloir qui prenait à gauche de la réception, dépourvu de la moindre porte de chaque côté. Il n'y en avait qu'une, double, au fond, ainsi qu'une autre, plus petite, juste à côté.

Son bureau et celui de Pamela Valorge.

À l'exception d'un immense canapé de cuir crème, le bureau d'Amaury Mesnières était uniquement composé de tubulures métalliques et de verre fumé. Et les rares pièces de mobilier présentaient des lignes épurées au maximum, ce qui donnait à la pièce quelque chose de vaguement oriental, une sorte de « zen » japonais.

Le côté nippon était accentué par la très grande luminosité, dispensée par l'immense baie vitrée coulissante ouvrant sur le jardin privé que Mesnières s'était fait aménager. Pour sa seule jouissance : aucun employé de ce patron « moderne » n'aurait osé poser ne serait-ce qu'une pointe de semelle sur le gazon directorial…

Ici, pas de décoration sur les murs couleur ivoire, à l'exception d'une unique photo, représentant l'AM 1, le jour de sa sortie d'atelier.

Avec de grandes précautions, Mesnières posa sa mallette de cuir sur le canapé, avant de venir s'asseoir derrière son bureau, dos à la baie vitrée. Puis, il enfonça l'une des touches du téléphone de bureau posé à sa droite.

— Pamela ? Je suis arrivé, je vous attends…

Il coupa la communication, sans laisser le temps à son assistante de répondre quoi que ce soit. La jeune femme poussa la porte de communication, à demi dissimulée derrière un gros ficus occupant tout un coin du bureau, au bout d'une vingtaine de secondes.

— Il était temps ! grommela Mesnières, en la détaillant rapidement de la tête aux pieds.

Pamela Valorge avait 24 ans, mais elle n'en paraissait guère plus de 16 ou 17. En raison de son corps gracile, aux formes à peine esquissées, ses seins menus et ses hanches étroites. Une impression renforcée par ses joues rondes, ses cheveux bruns coupés courts, et son petit nez en trompette, séparant deux immenses yeux bleus. Ainsi que par la jupe plissée bleue et le sage chemisier blanc, à col de dentelle, dont elle était vêtue.

Et ça, cette impression de grande jeunesse, c'est exactement ce qui avait tapé dans l'œil d'Amaury Mesnières, lorsque Pamela s'était présentée, au milieu d'une douzaine d'autres concurrentes, pour devenir sa nouvelle assistante – la précédente ayant démissionné du jour au lendemain, après avoir accouché de triplés.

Et, comme en plus, en la « testant » la première, il l'avait trouvée intelligente, compétente, de caractère agréable, il l'avait engagée, sans même recevoir les onze autres, ce qui avait provoqué quelques grincements de dents…

C'était onze mois plus tôt. Depuis, Mesnières n'avait eu qu'à se féliciter de l'embauche de Pamela. Qu'il s'était empressé de tester sur un plan tout différent de celui de ses compétences professionnelles. Et, là aussi, sa nouvelle assistante s'était montrée très compétente et très « travailleuse »

En somme, le seul défaut que Mesnières trouvait à son assistante, c'était ce prénom ridicule de Pamela. Mais ça, évidemment, elle n'y était pour rien : à l'époque de sa gestation, ses futurs parents passaient toutes leurs soirées du samedi scotchés devant le feuilleton-télé « Dallas » dont l'une des héroïnes s'appelait Pamela, justement.

— Je ne peux pas vraiment leur en vouloir, avait expliqué Pamela Valorge à Amaury Mesnières, le jour de leur premier entretien. En fait, je considère que j'ai même eu une sacrée chance : ils auraient pu choisir de m'appeler « Sue Ellen » ! Amaury Mesnières avait daigné sourire…

— Je suis bien contente de vous voir parmi nous, monsieur, murmura Pamela, de sa voix naturellement douce, mais jamais parfaitement assurée. J'ai un certain nombre de questions importantes à vous soumettre, et je…

— Plus tard, Pamela ! la coupa Mesnières, en lui tournant le dos pour se planter devant la grande baie coulissante qui le séparait de son jardin privé. Pour l'instant, veuillez aller pousser le verrou, qu'on ne nous dérange pas…

Sans avoir besoin de la voir, Mesnières était sûr que les pommettes de son assistante venaient de virer au rose, par le seul effet de l'ordre qu'il venait de lui donner. Exactement comme à chaque fois…

Au-delà de la baie vitrée, un rouge-gorge venait de se poser sur l'une des petites branches du laurier rose, tandis que deux merles, un mâle et une femelle, piochaient le gazon fraîchement taillé à petits coups de bec vifs et répétés. La brise faisait frissonner les pétales rouge foncé des roses de septembre.

— Voilà, monsieur, c'est fait… souffla Pamela dans son dos, d'une voix un peu plus tremblante.

Amaury Mesnières se retourna d'un bloc et plongea ses yeux bleus dans ceux de son assistante :

— À propos, j'y pense, mademoiselle Valorge : est-ce que vous avez pensé, durant mon absence, à vous occuper des mauvaises herbes ?

Cette fois, le visage rond de l'assistante devint carrément rouge tomate, et une lueur trouble s'alluma dans ses grands yeux noisette.

— Non, monsieur, bafouilla-t-elle, en baissant la tête, je… je crois que j'ai oublié ce détail, et je…

— Un détail ? rugit Mesnières, les prunelles crépitant d'une sorte d'excitation soudaine. Vous appelez ça un détail ? Mais c'est très important, au contraire !

Il marcha droit sur elle, à grandes enjambées.

Instinctivement, Pamela se recula, et le haut de ses cuisses vint buter contre la plaque en verre fumé épais qui formait le dessus du bureau de son patron.

— Je... je peux aller m'en occuper tout de suite, si vous voulez... souffla-t-elle, d'une voix de plus en plus oppressée et rauque.

Amaury Mesnières fit mine d'hésiter, puis il poussa un profond soupir découragé :

— Non, c'est inutile, Pamela. Une fois de plus, je suis bien obligé de constater que, sitôt que le patron a le dos tourné, tout va à vau-l'eau dans l'entreprise ! Ah ! si je ne faisais pas tout moi-même, ici... Bon, revenons à ces fichues mauvaises herbes. Je suppose qu'elles ont pas mal proliféré, ces temps derniers, non ?

— Euh... oui, je le crains, monsieur, répondit Pamela, les yeux toujours baissé et le feu aux joues.

— Très bien, nous allons régler ça tout de suite. Allez : montrez-moi un peu l'étendue des dégâts...

Alors, et alors seulement, Pamela Valorge releva lentement la tête vers son patron. Et le regard embrasé qu'elle lui jeta provoqua un début de réaction virile à l'intérieur de son pantalon de lin gris cendré.

La jeune femme passa machinalement un bout de langue rose sur ses lèvres finement ourlées, avant de saisir à deux mains le bas de sa jupe plissée bleue.

Qu'elle entreprit de relever lentement sur ses hanches, dévoilant une petite culotte de coton blanc, ornée sur le devant d'une petite main jaune, sous laquelle était inscrit le slogan : « Viens toucher à mon pote ! ».

Sans quitter son patron de son regard de feu, Pamela

glissa ses doigts entre l'élastique de la culotte et sa peau très blanche, comme satinée.

Puis, d'un mouvement lent et régulier des deux mains, elle fit descendre le vêtement jusqu'à ses genoux ronds.

Dévoilant le superbe buisson noir et brillant qui nichait entre ses cuisses.

— Mais c'est encore pire que ce que je craignais ! gémit Mesnières, tandis qu'une bosse impressionnante se formait, juste sous sa ceinture en crocodile noir. Ce merveilleux endroit, que j'avais laissé parfaitement net, est de nouveau envahi par ces fichues mauvaises herbes ! Bon, pas de temps à perdre, je vais régler le problème tout de suite. Mettez-vous en tenue, Pamela, pendant que je vais chercher mes outils de jardinier !

En se dirigeant vers la petite salle de bain attenante à son bureau, Amaury Mesnières s'aperçut que le sang cognait à ses tempes, et que ses jambes tremblaient imperceptiblement. Sans parler, bien sûr, de la barre raide, presque douloureuse, qui s'épanouissait au bas de son ventre...

Dans la salle de bain – toute en marbre vert : une coquetterie... –, il se dirigea vers l'armoire fixée au mur, en acier et verre fumé, comme les meubles de son bureau. Il y prit ce qu'il appelait ses outils de jardinier, à savoir un pot en verre, à demi rempli d'une crème blanche très épaisse, et une petite spatule de bois clair, très fine. Ainsi qu'une serviette éponge blanche.

Puis, il revint vers le bureau. Où il trouva Pamela exactement comme il lui avait demandé : « en tenue », c'est-à-dire, débarrassée de sa jupe et de sa culotte. La jeune femme était restée appuyée contre le bureau, mais elle avait placé son talon gauche sur le bord de la plaque de verre fumé.

De ce fait, une jambe levée très haut, le genou bien écarté vers l'extérieur, elle offrait une vision affolante, quasiment obscène sur le mystère touffu et sombre qui proliférait au bas de son ventre.

Le visage congestionné et ses yeux bleus comme assombris, Amaury Mesnières s'agenouilla devant elle. Son visage arrivait juste à hauteur de son ventre frémissant, à la peau très blanche. Avec des gestes un peu fébriles, il dévissa le bouchon du pot de verre et plongea la spatule à l'intérieur. Il la ressortit débordant de la crème blanche et épaisse, presque visqueuse.

— Avec ça, plus la moindre trace de mauvaises herbes avant longtemps... murmura-t-il, en étalant soigneusement la pâte brillante et crémeuse sur la toison sombre de l'assistante, qui se mit à frissonner.

— C'est froid... souffla-t-elle, la tête renversée en arrière et les paupières mi-closes.

— Ça ne va pas le rester longtemps, et tu le sais bien, sale petite vicieuse ! gronda Mesnières, d'une voix à peine reconnaissable, les yeux braqués sur le ventre féminin barbouillé de crème dépilatoire, qui faisait penser – couleur et consistance – à de la crème chantilly.

Effectivement, au bout de quelques secondes, Pamela se mit à geindre, d'une petite voix plaintive :

— C'est chaud ! Ça... ça me brûle ! Aah ! Faites quelque chose, je vous en prie !

— Silence, petite putain négligée ! rugit sourdement Amaury Mesnières, en empoignant de nouveau sa spatule de bois clair, dans la main droite.

Avec le bord le plus effilé de l'instrument, il entreprit de racler la mousse blanche qui barbouillait le ventre de Pamela, ainsi que l'intérieur de ses cuisses. Exactement comme un barbier le fait sur le visage de son client, au moyen de son « coupe-chou ». Et avec exactement le même résultat : en même temps que la crème dépilatoire, la spatule de bois, à chaque passage, enlevait de grosses touffes de poils noirs et bouclés, qui tombaient ensuite sur l'épaisse moquette beige du bureau.

Lorsqu'il eut terminé, Amaury Mesnières saisit la serviette éponge blanche, et la passa doucement entre les cuisses tremblantes de Pamela, qui, renversée en arrière, ne cessait de gémir sourdement, tandis que son ventre était agité par une sorte de houle spasmodique.

— Et voilà ! s'exclama Mesnières, d'un air ravi, lorsqu'il eut achevé son travail de « jardinier ». C'est quand même beaucoup plus joli comme ça !

Les pupilles dilatées, il dévorait des yeux le superbe fruit lisse et luisant qui s'ouvrait impudiquement à quelques centimètres de son visage. À cause du pouvoir urticant de la crème dépilatoire, la peau lisse et soyeuse était devenue d'un beau rouge vermillon, et les pétales secrets de cette orchidée féminine étaient comme tuméfiés.

Et surtout, plus de trace du moindre poil nulle part. En bon jardinier qu'il était, Amaury avait fait place nette. Il avait rendu à Pamela le charme de l'enfance. Elle était aussi nue qu'au jour de sa naissance.

Amaury Mesnières se releva en titubant. Pamela, à demi effondrée sur la plaque de verre du bureau, voulut faire de même, étonnée que le patron, contrairement à ses habitudes, ne la prenne pas, là, tout de suite, à même le bureau. Étonnée et frustrée.

Car, comme chaque fois, la brûlure occasionnée par la crème se combinait en elle à un feu beaucoup plus impérieux : celui du désir. Et elle savait qu'il n'y avait qu'un moyen pour éteindre ce genre de flammes : il fallait qu'Amaury la pénètre de toute la puissance de sa virilité, et qu'il explose en elle, répandant dans son ventre l'ondée bienfaisante, et comme lénifiante, de son propre plaisir.

Au lieu de ça, relevée sur un coude, elle vit son patron se précipiter vers le canapé de cuir crème, ouvrir sa mallette, en extraire un objet noir que, sur le coup, Pamela n'identifia pas, et revenir vers le bureau avec un sourire halluciné et triomphal.

— Regarde ça ! s'exclama-t-il, d'une voix presque haletante. C'est une caméra numérique dernier modèle. Elle est à infrarouge, ce qui permet de filmer dans l'obscurité ! Super, non ? Je l'ai achetée hier, à Nantes, profitant de ce que je devais passer chez Minélec. Qu'est-ce que tu en dis, petite cochonne lubrique ?

Pamela reprit espoir de sentir rapidement le membre viril et patronal s'enfoncer délicieusement dans son ventre. Car quand Amaury Mesnières lui parlait sur ce ton-là, c'est qu'il avait une envie impérieuse de sexe…

— Ce que j'en pense ? balbutia-t-elle, un peu désarçonnée par la question. Eh bien… elle est superbe, oui, mais…

Elle s'interrompit net, en voyant Amaury descendre d'un geste brusque la fermeture de son pantalon, et en sortir ce membre long, épais et noueux, que Pamela avait appris à apprécier, dès le deuxième jour de sa prise de fonction aux ateliers Mesnières.

D'instinct, elle ouvrit ses cuisses blanches et tendit son ventre en avant, pour inciter le mâle à se ruer au centre du beau fruit femelle, luisant et rouge vif, lisse et comme gonflé de sève, qu'elle lui offrait.

Mesnières la pénétra d'un seul coup de reins puissant, en râlant sourdement, la tête renversée en arrière, les narines palpitantes.

Pamela se laissa aller sur le verre dur et un peu froid du bureau, abandonnée, molle, passive, offerte totalement, corps et âme, aux coups de boutoir qui, très vite, elle le savait, allaient tirer d'elle des cris de jouissance, presque de délivrance.

Au lieu de ça, c'est un cri de frustration qui franchit le seuil de ses lèvres gonflées par le désir. Car, brusquement, après trois ou quatre coups de reins, Amaury venait de se retirer brusquement de son ventre palpitant.

— Bon, maintenant que j'ai préparé la voie, si je puis dire, nous allons pouvoir aller inspecter tous ces charmants mystères ! s'exclama-t-il, en saisissant la petite caméra, munie d'un petit écran de contrôle latéral, permettant de voir en direct ce qu'on était en train de filmer. Il me tarde de découvrir quel enchanteur se cache au fond de ce fourreau soyeux et chaud. Un enchanteur puissant, puisqu'il arrive à rendre presque tous les hommes fous !

Et, avant que Pamela ait songé à se relever, ou simplement à refermer ses cuisses, son patron s'était accroupi devant elle, disparaissant à sa vue. La seconde d'après, elle eut un brusque sursaut des reins, et émit une protestation brève, à haute voix.

Parce que Mesnières venait d'enfoncer l'objectif froid et dur de sa caméra numérique à l'intérieur de son intimité glabre et encore tuméfiée par la crème dépilatoire.

En même temps, de la main qui lui restait libre, il avait empoigné son membre raide et gorgé de sève, et s'était mis à l'agiter fébrilement, de plus en plus vite, tandis que son œil fixe, dilaté, scrutait les formes étranges, mouvantes, comme limoneuses, qui apparaissaient et disparaissaient du petit écran de contrôle, à mesure que l'objectif allait et venait dans le ventre de Pamela.

Mais, soudain, Amaury Mesnières poussa comme un rugissement de dépit.

Parce que, malgré les mouvements de plus en plus impérieux de son poignet, il sentait sa virilité décroître, au creux de sa main. Et son désir refluer rapidement.

— Je ne vois rien ! gronda-t-il, en se redressant brusquement. Il n'y a rien !

Pamela poussa un petit cri douloureux, lorsque Mesnières arracha littéralement la caméra de son ventre rendu hypersensible par le dépilatoire. Il la jeta littéralement dans la mallette de cuir restée ouverte, et se dirigea en grinçant des dents vers la salle de bain.

Sans un regard pour Pamela, dont il avait déjà complètement oublié la présence.

Car c'était un autre visage qui dansait maintenant devant ses yeux. Ou, plus exactement, deux autres visages.

Celui de Sissi, d'abord ; celui de Marie, ensuite.

Avec ces deux-là, au moins, il avait pu poursuivre son exploration jusqu'au bout. Sans subir la moindre entrave d'aucune sorte.

Bien sûr, elles étaient mortes toutes les deux, la belle affaire ! Mais c'était justement pour ça qu'il ne pouvait pas faire la même chose avec Pamela : trop dangereux. Même lui, Amaury Mesnières, le grand Mesnières, était obligé de se méfier des « petits hommes », obligé de prendre quelques précautions élémentaires.

Seulement, du coup, il n'était pas parvenu au plaisir qu'il escomptait prendre avec cette idiote de Pamela ! Parce qu'il ne pouvait plus se contenter d'elle, après ce qu'il avait connu avec Sissi et Marie.

Donc, les choses étaient claires : pour redevenir lui-même, il fallait qu'il trouve une nouvelle Sissi ou une autre Marie...

Amaury Mesnières quitta brusquement la salle de bain en marbre, dont il claqua violemment la porte derrière lui. Oubliant sa mallette sur le canapé, il quitta le bureau sans le moindre regard pour Pamela Valorge, qui finissait de se rhabiller.

En revanche, Pamela, elle, lança un long regard noir au dos large de son patron, juste avant qu'il ne reclaque la porte derrière lui et disparaisse dans le couloir.

En se disant que, cette fois-ci, il était allé trop loin.

Le plaisir, Pamela avait toujours été franchement pour. Du coup, lorsque Mesnières lui avait fait du « rentre dedans », quasiment dès sa prise de fonction comme assistante, elle n'avait résisté un jour ou deux que pour la « bonne forme », comme on dit...

Lorsqu'il s'était mis en tête de lui épiler sa toison intime, elle avait encore laissé faire, même si la brûlure occasionnée par la crème dépilatoire l'avait un peu... refroidie, la première fois. Ensuite, elle avait appris à y puiser un plaisir nouveau, intense, troublant. quelque chose qui était comme une « douleur agréable », elle n'arrivait pas à mieux définir ce qu'elle ressentait, lorsque Mesnières la prenait, juste après l'avoir épilée.

Mais là, non.

Le coup de la caméra, c'était trop. Surtout si c'était pour l'abandonner comme une vieille chaussette, sans même l'avoir fait jouir !

S'envoyer en l'air, d'accord, Pamela avait toujours été pour. Mais les pervers, les tordus, les malades, les compliqués, non, décidément, ce n'était pas son truc.

Donc, il allait falloir qu'elle songe sérieusement à rompre les amarres avec Amaury Mesnières.

Pamela inspecta le grand bureau vide d'un rapide coup d'œil circulaire, et poussa un soupir agacé. Tout s'était passé si vite qu'elle finissait par se demander si elle ne venait pas de rêver. Si son patron était bien venu à l'usine aujourd'hui.

Pamela haussa les épaules : évidemment qu'il était venu, Mesnières, puisqu'il lui en restait deux traces parfaitement tangibles.

La première, c'était la brûlure qui continuait de lui cuire le bas du ventre.

Et la deuxième, c'étaient, éparses sur la moquette devant le bureau, les quelques touffes de poils sombres mêlés de crème blanche…

Chapitre VI

En rétrogradant, de la quatrième à la troisième, Boris Corentin effleura malgré lui, de la main qui tenait le levier de vitesse de la 306, le genou nu et rond de Yamina Tlili, assise à sa droite.

— Pardon… murmura-t-il machinalement, tout en braquant le volant à gauche, pour pénétrer dans la cour de l'entreprise Minélec, située au sud du bras de la Madeleine, sur la route menant de Nantes à La Roche-sur-Yon.

— Pardon de quoi ? répliqua du tac au tac la jeune beurette. De ne même pas avoir essayé de me toucher le genou plus tôt, alors qu'on est enfermés tous les deux dans cette bagnole depuis Paris ?

— D'après le code de la route, je suis censé garder les deux mains sur le volant, lorsque je ne suis pas en train de changer de vitesse, sourit Boris, un peu soufflé quand même de l'attaque très directe de sa stagiaire. Mais j'essaierai de prendre plus de risques au retour, c'est promis !

Une fois le feu vert donné par Charlie Badolini, ils avaient mis un peu moins de quatre heures pour descendre de Paris jusqu'à Nantes, où ils se trouvaient depuis une petite demi-heure. Par la faute de Yamina, qui s'était quelque peu « emmêlé les pinceaux » avec sa carte routière, ils avaient été obligés de traverser la ville de part en part, au lieu de la contourner par l'est et de rejoindre les bords de la Loire. Au lieu de ça, Corentin avait été obligé d'affronter la circulation des cours Saint-André et Saint-Pierre, puis de contourner les remparts ceignant le château des ducs de Bretagne, avant de rattraper le boulevard Jean-Monnet, pour, finalement, traverser enfin la Loire au pont du Général-Audibert.

Trois cents mètres plus loin, ils étaient tombés sur le siège social des entreprises Minélec, spécialisées dans la conception et la fabrication d'électronique et d'optique miniaturisées.

Dès que le coup de téléphone d'Aimé Brichot les avait touchés, Yamina et lui, au moment où ils quittaient la maison aux quarante-trois caméras de Villeneuve-la-Garenne, Boris Corentin avait foncé jusqu'au quai des Orfèvres, afin de faire le point avec le commissaire divisionnaire.

— Ah ! Boris, vous tombez bien ! s'était exclamé Charlie Badolini, lorsque son inspecteur préféré avait poussé la double porte capitonnée de son grand bureau donnant sur les berges de la Seine. Votre ami Brichot vient d'appeler de Toulouse…

— Je sais, avait acquiescé Corentin, en prenant place dans l'un des deux fauteuils réservés aux visiteurs, je suis au courant pour la deuxième fille assassinée, quelque part près de Nantes.

— Il ne s'agit pas de ça, l'avait impatiemment coupé Badolini, avec un geste brusque de la main droite, celle qui tenait son éternelle cigarette brune, ce qui avait eu pour effet de consteller de cendre grise les revers bleu pétrole de son costume croisé. Il vient de rappeler il y a moins de deux minutes : vos collègues de la PS[1] de Toulouse ont réussi à déterminer d'où vient l'objectif de caméra miniature retrouvé dans le... enfin, dans le ventre de la première victime. Il est sorti des ateliers d'une entreprise qui s'appelle Minélec : « Min », pour miniature et...

— Et « élec » pour électronique, avait complété Corentin avec une pointe d'impatience dans le ton.

— Bref, avait éludé Charlie Badolini, vous ne devinerez jamais où est basée cette entreprise...

Boris Corentin avait réfléchi à peine plus d'une seconde ou deux, avant de répondre d'un ton neutre, presque badin :

— Eh bien ! mais... à Nantes, je suppose ?

— J'arrive pas encore à piger comment tu as fait pour tomber juste, à propos de Minélec, murmura soudain Yamina, alors que, précisément, Corentin venait de couper le moteur de sa 306 de service, sur le parking privé de l'entreprise en question, juste devant un bâtiment blanc de deux étages, beaucoup plus long que large, et nanti de nombreuses fenêtres carrées.

— Voyons, c'est pourtant simple, répondit Boris, en coupant le contact. Vu la manière dont Baba me posait la question, le genre « vous ne devinerez jamais où... », etc., ça voulait précisément dire que je pouvais le deviner. Or, comme on venait d'apprendre que la nouvelle victime venait

1 La police scientifique.

d'être trouvée dans les environs de Nantes…

— N'empêche que tu as quand même répondu un peu au pif ! fit Yamina, avec un petit sourire de défi, au coin de ses lèvres pleines.

— Un peu, j'avoue ! admit Boris, en lui rendant son sourire, tandis qu'ils gravissaient ensemble les quatre ou cinq marches menant à la grande porte du hall d'accueil. Mais pas tant que ça, à la réflexion : je me suis aussi dit qu'après avoir perdu son objectif, notre tueur allait certainement vouloir à tout prix, et rapidement, s'en procurer un autre. Or, ce genre de matériel ultra-spécialisé ne se trouve pas dans n'importe quelle boutique photo ! Donc, pourquoi ne pas se rendre directement à la maison mère, puisque, d'après ce qu'on commence à comprendre, on a affaire à un type qui se déplace facilement et vite. Et de là à imaginer qu'il ne puisse résister au plaisir morbide d'essayer sa petite caméra toute neuve sur une nouvelle fille…

Après avoir poussé la porte vitrée, Boris s'effaça galamment pour laisser Yamina entrer la première dans le hall, dont toute la partie droite était occupée par un comptoir derrière lequel étaient assises deux jeunes femmes, une blonde assez mignonne et une brune affligée d'une « surcharge pondérale », comme écrivent les journaux d'aujourd'hui, d'au moins trente kilos.

À titre de décoration, supposa Corentin, on avait érigé quatre colonnes imitant l'art grec antique, sur le sommet desquelles on avait fixé de très vieilles caméras, des années 1890 à 1920, apparemment.

Il régnait dans le hall une vague odeur de désodorisant… ainsi qu'un froid polaire, à cause d'une climatisation sans doute mal réglée.

Au moment où Boris et Yamina entraient, ils virent un homme d'une trentaine d'années, brun, mince, d'une élégance peut-être un peu trop apprêtée, s'approcher de l'hôtesse blonde :

— Stéphanie, j'attends deux policiers qui doivent arriver de Paris. Dès qu'ils seront là, faites-les entrer directement dans mon bureau, d'accord ?

— Nous sommes là, monsieur Pibraye, fit doucement Corentin, dans son dos.

L'autre fit un petit bond et pivota à toute vitesse. Il retrouva presque aussitôt son sourire « commercial » :

— Ah ! quelle synchronisation, non ? Je suis en effet Philippe Pibraye, responsable des ventes aux particuliers… entre autres choses, bien sûr ! si vous voulez bien me suivre, messieurs. Oh ! pardon : madame et monsieur !

— Mademoiselle… rectifia Yamina avec un petit sourire plein de coquetterie.

— Mademoiselle ! Décidément, je fais gaffe sur gaffe ! s'exclama le responsable des ventes, avec un entrain et une gaîté un peu « surjoués ». Venez, c'est par là…

Boris et Yamina » échangèrent un rapide regard amusé en découvrant le bureau de Philippe Pibraye. Il y avait tout : les deux fausses plantes vertes, de part et d'autre de la fenêtre, les livres « de collection » dans la vitrine latérale, les photos d'une jeune femme et de deux bébés, disposées dans un cube de plastique posé sur le bureau. Et, naturellement, la batterie de stylos Montblanc bien en évidence près du sous-main, signe obligatoire de réussite professionnelle et sociale.

— Eh bien ! que puis-je pour vous ? s'exclama Pibraye,

après avoir invité ses hôtes à s'asseoir sur les chaises de plastique moulé disposées en face de son bureau.

Il n'avait sans doute pas encore poussé assez haut son élévation au sein de la société Minélec, pour avoir droit à des fauteuils…

— Monsieur Pibraye, attaqua Boris Corentin, nous avons de bonnes raisons de penser que vous avez vendu, hier, un objet exactement semblable à celui-ci…

En même temps qu'il parlait, il avait sorti de son blouson une photo de l'objectif retrouvé dans le ventre de Julie-Aude Sibrezac, qu'il posa sur le bord du bureau, avant de la pousser sous le nez de son interlocuteur, qui s'en saisit ;

— On dirait un objectif de notre caméra C 3 Sensitive, c'est ça ? Un excellent matériel… très fiable… nous le vendons très bien, en effet, mais…

— Mais vous allez me dire qu'ici, c'est un siège social et pas un magasin, je suppose ? le coupa Corentin, en l'enveloppant d'un regard froid.

— Euh… en effet, c'est ce que j'allais vous dire, répondit Philippe Pibraye, dont le sourire venait de disparaître comme par enchantement. Nous n'avons pas pour habitude de recevoir les clients ici, à part les très importants, lorsqu'ils viennent signer un contrat d'achat, bien entendu. Pour le reste…

— Écoutez, monsieur Pibraye, réattaqua Corentin, sur un ton encore plus ferme, presque menaçant, vous pouvez dire ce que vous voulez, *moi*, je vous affirme qu'hier, quelqu'un est venu ici et est reparti avec un objectif semblable à celui-ci. Comprenez-moi bien, monsieur Pibraye : le lieutenant Tlili et moi-même sommes peut-être de la police, mais nous nous fichons de savoir si cet objectif a été vendu *légalement ou non* ! Ce ne sont pas nos oignons, vous comprenez ?

Boris Corentin avait déjà compris qu'il avait deviné juste, et qu'il avait eu raison de s'avancer en terrain inconnu, sur le ton de « celui qui sait ». Car, en face de lui, à mesure qu'il parlait, Philippe Pibraye se décomposait littéralement, son visage passait sans arrêt du très rouge au très blême, tandis qu'une sueur acide s'était mise à couler de ses tempes à son cou, mouillant le pourtour du col de sa chemise à fines rayures bleu ciel.

Corentin décida de porter l'estocade, avant que l'autre ne dégouline littéralement sous son propre bureau. Liquéfié de trouille.

— Monsieur Pibraye, si par hasard c'était vous qui aviez procuré cet objectif à cette personne. Disons… pour l'arranger, n'est-ce pas ? Dans un louable souci d'efficacité et de rapidité commerciale, ce serait beaucoup plus simple de nous le dire tout de suite, vous le comprenez ? Parce que ça resterait strictement entre nous trois. Alors que, plus tard, évidemment, il peut toujours y avoir des fuites malencontreuses, on ne sait jamais ; des trucs pas toujours agréables, voyez…

Corentin crut un moment que Philippe Pibraye allait se mettre à sangloter, tellement il paraissait perdu, malheureux, prêt à s'effondrer. Au lieu de ça, il poussa un énorme soupir et s'affaissa sur lui-même, comme un gros ballon qui se dégonfle.

— D'accord, d'accord, c'est vrai que j'ai fait une bêtise impardonnable… souffla-t-il d'une voix lugubre. Mais il faut me comprendre, n'est-ce pas ? Cet homme qui s'est présenté à moi, hier matin, il m'a dit être susceptible de devenir un client régulier, sur une grande échelle, et qu'il voulait un objectif *immédiatement*, pour son usage personnel, parce qu'il venait d'endommager le sien…

« Pas « endommager », songea aussitôt Corentin : « perdre ». Et dans un endroit dont tu n'as sûrement pas idée… »

— Alors, enchaîna-t-il doucement, parce qu'il voyait la suite de l'histoire comme s'il y était, pour faire plaisir à ce futur « gros acheteur », vous êtes allé chercher un objectif au magasin, monsieur Pibraye, et vous l'avez vendu à cet homme…

— Oui, c'est ça, répondit le responsable des ventes dans un souffle à peine audible.

— Et, bien entendu, dans le feu de l'action, vous avez « oublié » de lui faire signer le moindre papier. Et lui, de son côté, vous a payé en liquide, je suppose ?

L'autre n'eut même pas la force de répondre et se contenta de hocher affirmativement la tête.

— Combien ça coûte, monsieur Pibraye, poursuivit impitoyablement Corentin, un objectif de caméra « C 3 sensitive » ?

Le responsable des ventes baissa la tête, et observa un long silence, avant de lâcher, dans un souffle à peine audible :

— Trois mille deux cents euros… hors taxes…

Boris Corentin émit un petit sifflement faussement admiratif :

— Ah ! quand même ! Pas mal pour arrondir ses fins de mois difficiles, monsieur Pibraye ! Son petit sourire s'effaça brusquement, il se leva de sa chaise et se pencha vers son interlocuteur, les deux poings appuyés sur le bureau :

— Bon, maintenant, assez rigolé, monsieur Pibraye : il faut me dire tout, absolument tout ce que vous savez sur votre petit camarade de magouilles, sinon, je risquerais de me fâcher tout rouge...

Lorsqu'ils ressortirent des locaux de Minélec, Boris Corentin et Yamina Tlili arboraient le même genre de mine. Sombres, les mines.

— C'est quand même pas de bol que l'autre ne lui ait pas dit son nom... soupira la jeune beurette, en s'installant dans la 306.

Corentin haussa les épaules et tourna la clé de contact.

— Je m'en doutais un peu, tu sais. Quand on se met à acheter des trucs au noir, c'est rare qu'on laisse son curriculum vitae sur place, tu vois... En tout cas, on a au moins son signalement : des yeux d'un bleu très clair, visage bronzé, aux traits énergiques, à la bouche sensuelle, d'épais cheveux bruns un peu trop longs dans le cou.

— Le tout ressemblant à Paul Newman quand il était plus jeune, ajouta Yamina avec un petit sourire rêveur ; Tu sais que j'aimerais bien lui mettre la main dessus, moi, à ce type, s'il est vraiment aussi beau que Pibraye nous l'a décrit ?

— Moi aussi, j'aimerais bien, mais pas pour les mêmes raisons, je suppose, rétorqua Boris Corentin, en quittant lentement le parking privé de la société.

— Tu crois qu'il risque de recommencer ? demanda Yamina, d'une voix redevenue grave.

— Notre homme s'est précipité à Nantes, parce qu'il savait qu'ici il pourrait sans doute remplacer l'objectif perdu de sa caméra, fit Corentin, sur un ton préoccupé. Et, à mon avis, s'il tenait à le remplacer aussi vite, c'est sûrement avec l'idée de s'en resservir prochainement...

La voiture quitta le parking et franchit la grille d'enceinte de Minélec... suivie par l'œil fixe de Philippe Pibraye, debout derrière la fenêtre de son bureau.

Le responsable des ventes ne se sentit débarrassé du poids qui bloquait sa respiration que lorsque la 306 des deux policiers eut complètement disparu. Quand ce fut le cas, il s'aperçut aussi qu'il était littéralement trempé de sueur, et qu'il allait devoir repasser en coup de vent chez lui pour changer de chemise.

Malgré tout, un petit sourire satisfait se dessina sur ses lèvres minces et décolorées.

Finalement, il avait quand même réussi à la rouler dans la farine, ce flic qui se croyait le plus malin, le plus intelligent... et qui devait en effet l'être. Car s'il n'avait pas menti en lui disant qu'il ignorait l'identité de son acheteur de la veille, il y avait quand même un petit détail qu'il avait omis de lui signaler.

C'est que, en le regardant partir, il l'avait vu monter dans sa voiture. Une voiture très particulière. Et parfaitement reconnaissable pour quelqu'un qui, comme lui, Philippe Pibraye, s'intéressait depuis toujours aux « bagnoles ».

Une voiture qui, s'il avait révélé sa marque, aurait à coup sûr permis à la police d'arrêter son propriétaire dans la demi-journée suivante...

CHAPITRE VII

BATMO : Tu ne veux pas relever un peu plus cette maudite jupe qui cache tes cuisses, que je devine sublimes ?

Candy secoua son opulente chevelure brune, et ne put empêcher un petit sourire flatté de venir se dessiner sur ses lèvres rouges et perpétuellement gonflées.

Elle avait beau ne rien savoir, ou presque, de l'homme qui se faisait appeler « Batmo », bien caché derrière son propre écran d'ordinateur, et même si c'était un petit « papy » tout ridé, c'était toujours agréable de se faire dire des compliments sur son physique.

Candy était arrivée au bureau une heure et demie plus tôt, et le dénommé Batmo l'avait branchée presque tout de suite. En réalité, Candy s'était contentée de passer du salon à la chambre, dans le deux-pièces qu'elle occupait rue des Juifs, juste derrière la cathédrale de Strasbourg. Mais elle avait pris l'habitude d'appeler ça « aller au bureau ». Pour bien marquer la différence qui existait à ses yeux entre Sylvie Lehmann, jeune Alsacienne de 26 ans, fille de petits fonctionnaires sans histoire de Haguenau, et Candy, la volcanique Candy, qui, depuis maintenant dix-huit mois, possédait son propre site sur Internet. Site de « conversation », site de « charme », site réservé – comme le disait sa page d'accueil – aux « petits curieux et aux gros coquins ».

En clair, Sylvie Lehmann avait fait l'acquisition d'un ordinateur, de deux web-caméras, et s'était lancée dans le commerce du sexe « interactif ». Et, depuis dix-huit mois, elle trouvait que c'était un net progrès, à la fois financier et social, par rapport à son précédent emploi de caissière dans l'un des hypermarchés de la périphérie de Strasbourg. Ne serait-ce que parce que, sauf exception et cas particulier, elle n'était plus obligée de sortir de chez elle, ce qui convenait parfaitement à sa nature indolente.

Des deux index, elle tapa sur le clavier de son ordinateur sa réponse à « Batmo » :

CANDY : Pourquoi tu dis ça ? Tu ne la trouves pas sexy, ma petite jupe d'aujourd'hui ?

En plus, avoir des conversations érotiques, « osées », voire franchement hard, et s'exhiber sous toutes les coutures devant ses deux caméras, pour des hommes qu'elle ne pouvait pas voir, ça l'excitait assez. En général, elle avait juste à se les imaginer – toujours très beaux, jeunes et musclés, évidemment : le genre « champion de surf du Pacifique sud » – assis entièrement nus devant leur ordinateur, pianotant d'une main sur le clavier, et, de l'autre, agitant virilement l'affolante colonne de chair dont la nature les avait dotés, pour commencer à se sentir toute chose, quand ce n'était pas carrément trempée…

La réponse de Batmo arriva dans les trente secondes :

BATMO : Si, bien sûr, elle est très jolie, je l'adore. :-)

Seulement, je suis certain que ce que tu caches en dessous est encore bien plus agréable à regarder ! Allez, ne me fais pas languir, jolie Candy, sinon… :-(

Candy reçut le message cinq sur cinq : le cryptogramme final signifiait que, si Candy ne lui donnait pas rapidement un peu plus d'érotisme, Batmo allait se déconnecter de son site. Et donc, lui faire perdre de l'argent. Sans compter que, s'il était mécontent de sa « prestation », il ne reviendrait probablement pas et irait chercher son bonheur ailleurs. En étant à peu près certain de le trouver, en plus.

Car, plus le temps passait, et plus la concurrence faisait rage, sur Internet, pour les filles comme Candy, les nouvelles « travailleuses du sexe » du XXIe siècle. Comme à toutes les époques antérieures, et même si les armes avaient complètement changé, il fallait se battre, encore et toujours, pour être la meilleure. Ou même, tout simplement, pour survivre.

Candy adressa un large sourire à la caméra de droite, en essayant d'y mettre le maximum de promesses inavouables, voire franchement cochonnes. Puis, elle tapa son message :

CANDY : Tu es un gros vilain… et un petit vicieux ! Bon, allez, puisque ça semble te faire vraiment plaisir…

Elle fit pivoter son siège, de façon à se trouver bien en face de la webcam 2. Puis, avec un sourire gourmand, en passant un petit bout de langue rose et humide sur ses lèvres charnues, elle commença par écarter doucement les genoux. Ce simple mouvement eut pour effet de faire naturellement remonter sa jupe le long de ses cuisses un peu grasses, à la peau très blanche.

Un nouveau message s'afficha sur l'écran de son ordinateur portable :

BATMO : Plus haut, ma chérie ! Je veux tout connaître de toi, tout voir, tout !

En tournant légèrement le buste vers la droite, Candy parvint à atteindre son clavier, sur lequel elle tapa, d'un seul doigt de la main droite ;

CANDY : Tu es vraiment un cochon, tu sais ? Ça me gêne terriblement de m'exhiber devant quelqu'un que je ne connais pas, que je ne peux même pas voir…

C'était tout sauf la vérité, mais Candy avait remarqué que ses clients adoraient ça, quand elle jouait à la jeune fille de bonne famille, obligée de faire violence à sa pudeur naturelle pour les satisfaire…

De fait, la réponse de son correspondant arriva aussi sec :

BATMO : Au contraire, c'est ça qui est bon ! Tu sais que je me branle, rien qu'en pensant à ta petite chatte ? Allez, montre-la-moi ! Maintenant !

De nouveau, Candy regarda la webcam 2 avec un sourire qui se voulait débordant de promesses. Puis, aussi lentement que possible, pour faire durer le plaisir de son « *flasher* », elle leva les deux jambes en même temps, et posa ses talons sur le rebord de la table, de chaque côté de l'objectif, rond et impavide, braqué sur elle.

Enfin, elle écarta doucement les cuisses, faisant remonter le tissu de sa jupe jusqu'à son ventre. Un ventre que ne masquait aucune petite culotte et où s'épanouissait une sombre forêt bouclée, au profond de laquelle se devinaient d'affolants mystères nacrés.

Candy se dit que son correspondant devait s'en prendre plein les mirettes, que son sexe offert devait occuper la quasi-totalité de son écran d'ordinateur. Et cette pensée fit naître dans sa poitrine une boule de chaleur, dont la moitié grimpa pour incendier son cerveau, tandis que l'autre descendait embraser son ventre écartelé.

Sans qu'elle en eût clairement conscience, sa main droite descendit le long de son ventre frissonnant, et Candy se mordit la lèvre inférieure, lorsque ses longs doigts nerveux atteignirent l'orée de sa toison intime. Au même moment, un nouveau message se forma sur son écran.

BATMO: que de broussailles inutiles! Tu n'as jamais pensé à te faire raser? Allez, écarte-moi tout ça: je veux voir à l'intérieur de ta chatte, moi!

Malgré l'excitation qui montait inexorablement en elle, Candy eut la présence d'esprit de se dire que son *flasher* ne devait pas être très loin de la jouissance, de son côté: la crudité de plus en plus grande de son langage le prouvait.

Elle n'eut pas besoin de se forcer beaucoup pour plonger à pleine main au centre du brasier qui incendiait le bas de son ventre, agité par une sorte de houle spasmodique et irrégulière.

Elle émit un petit feulement rauque, lorsque son index entra en contact avec le gros bourgeon de chair dure, situé tout en haut de la fente humide et nacrée dont, pour son correspondant, elle écartait les tendres pétales autant qu'elle le pouvait.

Malgré ses yeux mi-clos, Candy vit une ligne de lettres lumineuses se former sur son écran, et elle tourna la tête pour la lire, sans cesser de se caresser de plus en plus vite. En même temps, elle se représentait le mystérieux Batmo devant son écran, intégralement nu, un pieu de chair dure et noueuse jaillissant de son ventre; un superbe sceptre viril qu'elle l'imaginait empoigner fermement, et l'agiter avec une fièvre presque palpable, afin d'en tirer l'explosion de jouissance qui n'allait sans doute pas tarder à se produire. Candy approcha son visage de l'écran pour lire le message.

BATMO : C'est trop loin, je ne distingue rien ! Je veux te voir jouir, vraiment : enfonce ta caméra à l'intérieur de ta chatte, ma belle salope, que je voie ton orgasme !

Pour le coup, les doigts de Candy, plantés en elle, cessèrent leur sarabande, et elle sentit son excitation fondre comme neige au soleil.

Non, là, vraiment, il exagérait, le Batmo ! En dix-huit mois de « service », c'était bien la première fois qu'on lui demandait un truc aussi tordu. Reprenant une position plus « digne » sur son siège, elle se mit à pianoter à toute vitesse sur son clavier :

CANDY : Et puis quoi encore ? Un peu de fantaisie, pourquoi pas ? Mais là, tu pousses un peu, mon gros loup… surtout pour le prix modique d'un abonnement simple à mon site ! Si tu veux t'amuser vraiment, il faudrait penser à les allonger un peu plus.

Candy avait fait exprès de se montrer à la fois ironique et un peu agressive. elle jouait à quitte ou double : soit Batmo, vexé, déconnectait, soit il casquait. Dans le premier cas, elle était débarrassée d'un tordu, dans le second elle s'arrangeait pour lui pomper un max de fric. Gagnante dans les deux cas. La réponse arriva presque aussitôt, et Candy pigea instantanément, avec un frisson d'excitation, qu'elle venait de « lever » un type vraiment intéressant.

BATMO : Dis-moi où tu es et j'arrive. Mille euros pour faire l'amour dans ma voiture, ça te paraît correct ?

Candy se retint de répondre que, pour ce prix-là, elle était prête à s'enfiler entre les jambes tout ce qu'il voudrait. Elle se contenta d'un message plus neutre :

CANDY : Je suis à Strasbourg, et toi ?

La réponse arriva dans les vingt secondes :

BATMO : Quelque part dans les environs de Nancy, pour le moment. Je serai à Strasbourg d'ici une heure et demie. On se retrouve où ?

Candy hésita pendant un court moment. Brusquement, une petite voix, tout au fond de son cerveau, venait de lui chuchoter que, peut-être, elle ferait mieux de ne pas rencontrer ce type qu'elle ne connaissait pas. Que, jusqu'à présent, elle n'avait accepté de rencontrer des clients – et encore, pas plus de trois d'entre eux –, qu'après de longues semaines de conversations via Internet. Mais, de nouveau, la somme de mille euros passa devant ses yeux, et elle fit taire la petite voix rabat-joie. Avec une sorte de hâte fébrile, elle pianota sur son clavier :

CANDY : Devant la pharmacie du Cerf[1], au coin de la rue Mercière et de la place de la cathédrale , ça te va ? C'est juste à côté de chez moi. D'ailleurs, si tu veux, on peut se rencontrer chez moi, ce sera plus agréable, non ?

La réponse arriva, aussi rapide que catégorique :

BATMO : Non ! Dans ma voiture ou rien. Je serai dans une heure et demie devant la pharmacie du Cerf.

Candy n'eut même pas le temps de taper son acquiesce-

La pharmacie du Cerf aurait été, d'après la tradition, fondée en 1268 et serait donc, à ce titre, la plus ancienne de France. On dit aussi que l'échoppe aurait, en 1770 et 1771, été fréquentée par le jeune Goethe, qui faisait alors ses études dans la capitale alsacienne.

ment : Batmo venait de se déconnecter, comme l'indiquait la petite icône venue s'incruster dans le coin supérieur droit de l'écran.

Comme elle n'avait pas d'autre client que lui en ce moment, Candy quitta son site et mit son ordinateur en état de veille active.

Redevenue Sylvie Lehmann, elle se renversa contre le dossier de sa chaise pivotante, les sourcils froncés. Elle se disait que c'était quand même un peu bizarre, ce type à qui elle proposait de venir chez elle, et qui préférait faire l'amour à la sauvette, dans sa bagnole !

Puis, deux billets de cinq cents euros vinrent danser devant ses yeux, et elle haussa les épaules. Après tout, qu'est-ce qu'elle pouvait bien en avoir à faire, des lubies de ce mec, hein ?

Si ça l'excitait de la sauter sur la banquette arrière de sa caisse, elle avait juste à dire « amen », à attendre que ça se passe et à palper son blé, point barre.

Elle espérait juste qu'il n'essaierait pas de lui enfiler je ne sais quoi dans la « foufoune ». Mais même ça, d'ailleurs, elle finirait sans doute par l'accepter… pour peu qu'il y ait une petite rallonge de Thoune à la clef !

Des tordus, Sylvie Lehmann en avait côtoyé pas mal, depuis qu'elle s'était métamorphosée en Candy. Ce Batmo ne serait pas le premier.

Et sûrement pas le dernier non plus…

Chapitre VIII

— Si ça continue comme ça, grogna Aimé Brichot, le teint de plus en plus rouge et la moustache en bataille, je rentre carrément à l'intérieur de la cathédrale et je me gare au milieu de la nef !

Cela faisait trois fois qu'il se retrouvait place Gutenberg, en plein centre de Strasbourg, sans trouver le moindre emplacement pour y garer la 306 de service qui venait de les amener de Paris, Boris Corentin, Yamina Tlili et lui. Le hasard avait voulu que Brichot prenne le volant quelque part entre Phalsbourg et Haguenau, sur l'autoroute A 4. Et, du coup, c'est lui qui se coltinait la circulation de la capitale alsacienne. Une ville où, en son centre au moins, tout était fait pour décourager les habitants et les touristes d'utiliser leur voiture.

La nouvelle avait atteint Boris Corentin, dans son studio de la rue Turbigo, alors qu'il allait se lever : une troisième fille, Sylvie Lehmann, venait d'être retrouvée morte, dans un chemin forestier des Vosges, à la sortie du village d'Oberhaslach.

D'après les premières constatations, faites sur place par le médecin-légiste de Strasbourg, la victime avait eu le vagin et l'utérus littéralement « explosés » par un objet inconnu. Sauf imitation improbable, le tueur que Corentin et Brichot poursuivaient d'un bout de la France à l'autre, depuis maintenant quatre jours, venait de frapper pour la troisième fois.

Et, là encore, à plus de sept cents kilomètres de son précédent meurtre, celui de Nantes !

Mais il y avait encore mieux : Sylvie Lehmann gagnait sa vie en faisant du strip-tease interactif sur Internet. Tout comme Julie-Aude Sibrezac, alias Sissi, s'exhibait dans la « Cité U » de Villeneuve-la Garenne, tandis que Marie Coulon, la Bordelaise retrouvée morte à côté de Nantes, se prostituait et recrutait ses clients sous le pseudo de Lolita… toujours sur un site Internet.

Lorsqu'il avait appris la nouvelle, Boris s'était immédiatement mis en rapport avec Elsa Fabre. Le lieutenant Elsa Fabre, du commissariat central de Strasbourg, une adorable petite « fliquette » rousse aux yeux rieurs, avec laquelle, lors d'une précédente mission[1], il avait eu des contacts professionnels… entre autres. Elle lui avait aussitôt appris trois choses :

— D'abord, je suis très heureuse que tu te souviennes enfin que j'existe, espèce de salaud ! Et d'une… Deuxièmement, je ne suis plus le *lieutenant* Elsa Fabre, mais le *ca-pi-taine* Elsa Fabre. En partie grâce à toi, d'ailleurs, puisque c'est à la suite de l'affaire du Parlement européen que j'ai été proposée au tableau d'avancement.

---

1 Voir le Brigade mondaine N° 223 : "La Justicière de Strasbourg".

— Et le troisièmement ? avait demandé Boris.

— Le troisièmement, c'est que tu as vraiment du bol, dans la mesure où c'est moi qui suis chargée de l'enquête sur la mort de Sylvie Lehmann.

— Génial ! s'était exclamé Corentin, sincèrement. On arrive, Mémé et moi. en attendant, je voudrais que tu me rendes un très grand service…

— Dis toujours… avait répondu Elsa Fabre, sur un ton imperceptiblement plus réservé.

— Que personne ne touche à l'ordinateur dont elle se sert – ou plutôt se servait – dans son travail !

— Ah bon ? Mémé et toi, vous êtes devenus des petits génies de l'informatique, maintenant ?

— Euh… non, mais on va se pointer avec un super-crack, avait temporisé Corentin, sans juger utile de préciser à Elsa qu'il s'agissait en fait d'*une* super-crack.

Il était un peu moins de deux heures de l'après-midi lorsqu'ils atteignirent Strasbourg… où Aimé Brichot continuait à chercher désespérément un endroit pour garer leur voiture.

Ils passaient pour la troisième fois dans la rue des Juifs, là où Elsa Fabre leur avait donné rendez-vous, lorsque Yamina Tlili, installée à l'arrière, poussa un cri qui fit sursauter Brichot :

— Mémé, là, juste à gauche, il y a une camionnette qui se barre !

La Renault Safrane grise qui se trouvait à une dizaine de mètres en avant d'eux freina et enclencha la marche arrière, visiblement pour venir prendre à reculons la place qui venait de se libérer miraculeusement.

Aimé Brichot ne lui en laissa pas le temps : en étouffant

un juron, il braqua le volant à gauche et s'engouffra dans l'espace libre en marche avant, obligé du coup à mordre de la roue avant droite sur le trottoir. Pour prévenir toute velléité de contestation du conducteur de la Safrane, qui descendait de voiture, l'air furibard, Boris Corentin, avec un grand sourire, lui exhiba sa plaque de policier, par sa vitre ouverte. L'autre remonta dans sa voiture en marmonnant des mots heureusement inaudibles…

— C'est vraiment du bol ! s'exclama joyeusement Yamina en descendant de voiture. On est à trois numéros de l'endroit où on est attendus !

« Pour un peu, elle battrait des mains comme une gamine ! », songea Boris Corentin avec un petit sourire mi-amusé, mi-attendri.

Ils repérèrent tout de suite la grosse maison de pierres roses et grises où avait vécu Sylvie Lehmann. Grâce aux deux policiers en uniformes, devant la porte cochère, chargés de filtrer les entrées.

Au troisième étage, ils furent accueillis par Elsa Fabre, dont le sourire s'épanouit en reconnaissant Corentin et Brichot… et disparut en découvrant Yamina Tlili.

— Tu les prends au berceau, maintenant, espèce de satyre à sabots fourchus ? murmura-t-elle à l'oreille de Boris, tout en toisant Yamina du haut de ses 29 ans à peine entamés. Tu aurais pu te dispenser de m'imposer la présence de cette pétasse, sale mufle !

— D'abord, Yamina n'est pas une pétasse, mais une très gentille stagiaire de la police nationale, répondit Corentin sur le même ton confidentiel. Et ensuite, c'est le seul petit génie informatique que j'avais sous la main. Cela étant dit, je te trouve encore plus craquante que la dernière fois…

— Flatteur ! fit Elsa Fabre, tandis que le rouge montait à ses joues, constellées de taches de rousseur.

Du coup, calmée par le compliment, après avoir embrassé Aimé Brichot sur les deux joues, elle parvint à dire bonjour à Yamina d'une façon presque cordiale.

— Venez, je vous montre le chemin, dit-elle, en pénétrant dans l'appartement où s'affairaient trois techniciens de la police scientifique, chargés de recueillir le moindre indice matériel dans l'appartement de deux-pièces.

Profitant de ce qu'Elsa les précédait de quelques mètres, Yamina se rapprocha de Corentin, et lui souffla :

— Je suppose que, *évidemment*, tu t'es envoyé ce boudin ? Y a juste à voir ses yeux de crapaud mort d'amour quand elle te mate !

Boris poussa un profond soupir : mais qu'est-ce qu'elles avaient toutes après lui, aujourd'hui ?

— Premièrement, Elsa n'est pas un boudin, répondit-il, avec une patience qui l'étonna lui-même. Et, deuxièmement, ce que nous avons pu faire ou ne pas faire ensemble ne regarde qu'elle et moi !

Il avait dit la deuxième phrase d'un ton nettement plus sec. Yamina se renfrogna, mais se le tint pour dit. Elle ne retrouva son regard pétillant que lorsque Elsa Fabre, ouvrant la porte séparant le salon de la chambre, leur désigna le bureau où trônaient les deux webcams et l'ordinateur.

— Tu vois ce qu'il a dans le ventre ? fit Boris, d'une voix radoucie, à l'adresse de Yamina.

— Pas de problème ! assura l'ex-hackeuse, en s'asseyant devant le clavier.

Pendant qu'elle mettait l'ordinateur sous tension, Corentin, Brichot et la jeune Alsacienne revinrent dans la pièce principale. Pièce assez sombre dont l'unique fenêtre donnait sur la rue des Juifs, par laquelle leur arrivait le grondement régulier des voitures qui passaient trois étages plus bas. Le coin de ciel qu'on apercevait entre les immeubles était d'un bleu soutenu et uniforme.

Le salon était meublé sans goût particulier, fonctionnel : petite table ronde, canapé deux places, table basse en bois clair, étagères Ikéa. Au mur, trois posters de Patrick Bruel, Jean-Jacques Goldman et Paul McCartney jeune. Plus quelques photos de chats.

— Elle est morte à quelle heure ? demanda Boris Corentin, en se détournant de la fenêtre, pour regarder Elsa Fabre.

— D'après le médecin-légiste, aux alentours de dix heures hier soir, répondit la jeune femme. Hémorragie interne.

— Ouais, comme les deux autres, quoi ! grommela Aimé Brichot, qui inspectait la pièce du regard dans ses moindres détails.

Boris Corentin s'apprêtait à résumer leur affaire à Elsa Fabre, lorsque la voix de Yamina l'interpella de la pièce voisine :

— Boris ? Tu peux venir voir, s'il te plaît ?

Les trois policiers passèrent du salon à la chambre et s'approchèrent de l'ordinateur. Il régnait dans la chambre une vague odeur d'encens et de bergamote. Sur l'écran était en train de défiler rapidement une double colonne de chiffres et de lettres.

En les entendant arriver, Yamina tourna la tête vers Boris Corentin :

— C'est bon, j'ai réussi à pénétrer dans le disque dur et, en contournant les codes fondamentaux de la carte-mère, j'ai pu avoir accès aux docs effacés de la mémoire vive.

— En clair ? grommela Brichot, pour qui l'informatique restait plus ou moins une *terra incognita*.

— En clair, tout ce que l'utilisatrice de cette bécane pensait avoir détruit est à votre disposition, messieurs ! répondit Yamina d'un air triomphant. Mais, je vous préviens, d'après ce que j'ai déjà vu, il y a des kilomètres de dialogues, stockés dans la mémoire seconde…

— Les plus récents devraient nous suffire, affirma Corentin, en se penchant par-dessus son épaule. À quand remonte le dernier ?

Yamina pianota durant quinze ou vingt secondes sur le clavier, faisant défiler à toute vitesse les colonnes de lettres et de chiffres sur l'écran. Lorsque tout se stabilisa, elle répondit à la question de Boris :

— Le dernier dialogue de l'utilisatrice avec un intervenant extérieur date d'hier, entre six heures trois et six heures vingt-sept du soir…

— Tu peux nous le faire apparaître à l'écran ? demanda Boris, en sortant son paquet de cigarettes légères et son briquet de sa poche droite.

— Pas de problème, monseigneur ! fit Yamina, en pianotant de plus belle. Et voilà : dialogue de « Candy » avec un certain « Batmo » qui doit…

— Qu'est-ce que tu viens de dire ? l'interrompit brusquement Corentin, en retirant sa cigarette de ses lèvres. Quel nom tu as dit ?

— Batmo, pourquoi ? De toute façon, ça doit être un pseudo, je présume…

— Évidemment que c'est un pseudo ! exulta Corentin. Mais c'est un pseudo drôlement intéressant !

— Ah ? Tu trouves ? fit Aimé Brichot, en tripotant machinalement la pointe de sa moustache. Mois, je ne vois pas ce que…

— Réfléchis, Mémé ! le coupa sa flèche avec une pointe d'impatience. Le dernier interlocuteur de Julie-Aude Sibrezac, sur le *chat* de la Cité U, s'appelait K 2000, comme la voiture « intelligente » de la série américaine, d'accord ?

— Oui, je me souviens, répondit Brichot en haussant légèrement les épaules. Et celui-ci s'appelle Batmo, ce qui n'a aucun rapport…

— *Ça a un rapport* ! martela Boris avec force. Surtout si tu considères que Batmo est une simple abréviation. L'abréviation de… De ?

— Batmobile ! s'écria soudain Elsa Fabre, dans le dos des deux hommes. La super-bagnole de Batman !

— Exact ! la félicita Corentin avec un sourire… qui fit froncer les sourcils à Yamina. Notre homme a jugé plus prudent de changer de pseudo…

— Mais il n'a pas pu s'empêcher de rester dans son domaine de prédilection : la voiture ! enchaîna Brichot, que l'enthousiasme de Corentin commençait à gagner. Et ils se sont dit quoi, Batmo et sa future victime ?

Yamina, qui achevait précisément de parcourir l'ensemble du dialogue entre Candy et Batmo fit aux trois autres un résumé de ce qu'elle venait de lire.

— Et voilà ! tout s'emboîte ! s'exclama Boris, les yeux crépitant d'excitation. Notre assassin nous confirme qu'il se déplace bel et bien en voiture, comme nous le pensions. Et puis, il y a ce passage, où il lui demande de *s'enfoncer sa caméra dans le ventre* !

— Tu as raison, souffla Brichot, de plus en plus excité, lui aussi, ça ne peut être que lui, notre tueur ! Mais où est-ce qu'il peut bien être, maintenant, s'il a tué cette malheureuse aux environs de dix heures du soir, hier ?

Assise devant l'ordinateur, Yamina eut un petit sursaut :

— Dix heures, tu dis, Mémé ? C'est impossible, voyons !

— Impossible ? répéta Corentin. Et pourquoi, s'il te plaît ?

Yamina lui lança un petit sourire moqueur :

— Pour une raison toute simple : c'est que Sylvie Lehmann a effacé – ou cru effacer – son dernier dialogue à minuit trente-cinq très exactement, voilà pourquoi !

Le visage de Boris Corentin se ferma brusquement, et c'est d'une voix sombre qu'il laissa tomber :

— Tu prends le problème à l'envers, Yamina : ça ne signifie pas que Sylvie Lehmann n'est pas morte à dix heures, comme le prétend le légiste. Ça veut dire que, après sa mort, quelqu'un est revenu ici pour purger la mémoire de l'ordinateur !

Il y eut un lourd silence, finalement rompu par Aimé Brichot, qui se tourna vers Elsa Fabre :

— Vous avez commencé à interroger les voisins et les gens du quartier ?

— Pas encore, j'allais m'y mettre, répondit-elle. Boris, tu penses que l'assassin est revenu ici dans le but d'effacer toute trace de son dialogue avec sa victime ?

— C'est ce que j'aurais fait à sa place, en tout cas ! répondit-il sombrement. Et c'est peut-être bien une chance pour nous : quelqu'un du quartier l'a peut-être vu…

— Donc, si j'ai bien compris, remarqua Aimé Brichot, en remontant ses lunettes sur son nez busqué, on attaque le porte-à-porte tout de suite ?

— Tout de suite, Mémé, en effet ! Toi, tu prends les appartements de droite avec Yamina ; toi, Elsa, ceux de gauche ; quant à moi, je vais aller traîner dehors et dans les maisons immédiatement voisines. Et on se retrouve en bas de l'immeuble dès que c'est fini…

****

Une demi-heure plus tard, Corentin descendait l'escalier du quatrième petit immeuble qu'il venait de visiter. en pure perte : personne n'avait rien remarqué de bizarre. Et surtout, personne ne paraissait connaître Sylvie Lehmann, alias Candy.

En se dirigeant vers le rez-de-chaussée, il entendit deux voix masculines, qui, en bas, paraissaient discuter avec une certaine animation.

Arrivé sur le palier intermédiaire entre le premier étage et le hall, il découvrit deux jeunes, un Arabe et un Européen, affalés sur les marches du bas, bloquant totalement le passage. Tous deux étaient vêtus du même genre de jeans trois fois trop grands pour eux, et de baskets multicolores dont Boris ne parvint pas à identifier la marque.

Il allait leur demander de se pousser un peu pour lui

laisser le passage, lorsqu'un bout de phrase frappa ses tympans, avant d'aller allumer une petite lumière rouge dans son cerveau.

— Ma parole, une bagnole comme t'en as jamais vu une ! était en train de dire l'Arabe. Un vrai paquebot, sur la tête de ma mère ! Au moins six mètres de long ! Garée là, juste devant la baraque d'à côté.

— Arrête, Ahmed ! le charria l'autre. T'avais encore forcé sur le chichon, c'est tout ! Ça existe pas, les caisses comme tu dis !

— Celle-là, elle existait, puisqu'elle s'est garée dans la rue, répliqua le dénommé Ahmed, avec une certaine logique. Même que le type qui en est descendu, il ressemblait à un acteur. Un Américain… un vieux… j'm'en rappelle plus comment qu'il s'appelle.

— Paul Newman ? suggéra Boris Corentin, derrière eux.

Les deux adolescents se retournèrent et levèrent vers lui un œil méfiant.

— C'est pas bien d'écouter aux portes, m'sieur… fit le Français d'un air goguenard.

— J'ai posé une question, il me semble, fit Corentin d'un ton froid, qui parut impressionner les deux « terreurs ». Suffisamment, en tout cas, pour qu'Ahmed acquiesce, avec un petit sourire conciliant :

— Nioumane ! Ouais, c'est ça ! Mais comment vous le savez que le type à la grosse bagnole, il ressemblait à Nioumane ?

— C'est sans importance, trancha Boris, en s'asseyant sans façon à côté d'eux, sur les marches de pierre gris et blanc, un peu froides. Parle-moi plutôt de cette fameuse voiture : elle était comment ? Et il était quelle heure quand tu as vu Paul Newman pénétrer dans l'immeuble d'à côté ?

— Et pourquoi je vous raconterais tout ça ? fit le jeune Arabe, soudain méfiant.

— Parce que sinon, il risque de t'arriver des bricoles très désagréables d'ici très bientôt ! gronda Corentin, en vrillant ses yeux fixes dans ceux de l'adolescent.

****

Cinq minutes plus tard, alors qu'ils débouchaient ensemble de l'immeuble où avait vécu Sylvie Lehmann, Aimé Brichot et Yamina Tlili découvrirent Boris Corentin arpentant le trottoir, son téléphone portable à l'oreille. Ils attendirent patiemment que sa conversation se termine. Elsa Fabre, elle, était restée dans l'appartement, pour superviser les dernières recherches de ses collègues de la police scientifique.

Boris Corentin découvrit ses deux coéquipiers au moment où il rangeait son portable dans la poche gauche de son blouson de toile rouge foncé. Il vint vers eux avec un grand sourire et des yeux pétillants :

— Alors ?

— Alors, que dalle ! grogna Brichot : personne n'a rien vu ni rien entendu. à croire que Sylvie Lehmann est sortie de chez elle en s'envolant par la fenêtre ! Et toi ? Si j'en juge par cette mine réjouie que je connais bien, tu ne dois pas être bredouille...

— Je ne le suis pas, en effet ! répondit Boris, en se frottant machinalement les mains l'une contre l'autre...

En quelques phrases, il leur relata sa conversation avec Ahmed, et surtout la description que l'adolescent lui avait faite de la voiture qui avait attiré son attention, la nuit précédente.

— Une limousine munie de portes coulissantes, et avec une sorte de « M. » sur le capot ? fit Brichot, quand sa flèche eut fini. Je ne vois pas ce que ça peut-être... Une voiture étrangère, probablement...

— Je me suis dit la même chose que toi, Mémé, approuva Corentin. Vu que je m'y connais peut-être encore moins que toi, en matière de bagnoles. Sauf que, moi, j'ai un vieux copain journaliste, qui est rédacteur en chef adjoint à l'Auto-Journal...

— Et, c'est à lui que tu parlais quand on est sorti de l'immeuble ? supposa Yamina.

— Exact ! Si ce qu'il m'a dit est vrai, mon petit ami Ahmed aurait eu la chance rarissime de contempler une voiture de très grand luxe, dont il ne doit pas circuler plus d'un millier d'exemplaires dans le monde entier. Des voitures qui sont fabriquées entièrement sur mesures, selon les *desiderata* des clients. Des clients qui, évidemment, ont les moyens de claquer plus d'un million de dollars pour s'offrir ce genre de bijou...

— Tu as dit un million de *dollars* ? releva Aimé Brichot ? Ça veut dire que ce sont les Américains qui font ça, alors ?

— Pas du tout, figure-toi ! Ces voitures de haut luxe sont fabriquées dans la banlieue sud-ouest de Paris...

Boris Corentin marqua un léger temps d'arrêt, avant de finir sa phrase :

— Par un certain Amaury Mesnières, auquel je me

propose de rendre une petite visite, dès que nous serons de retour chez nous, figurez-vous !

CHAPITRE IX

Le petit homme sec, gris et ridé, passa une tête soupçonneuse par l'entrebâillement de la porte de sa guérite, et désigna Boris Corentin, au volant de la 306. Celui-ci exhiba sa plaque de policier et dit, d'une voix tranchante :

— J'ai rendez-vous avec mademoiselle Valorge. Dans exactement une minute…

Il avait mis moins d'une demi-heure pour venir de Paris jusqu'ici, en bordure de la forêt de Bois d'Arcy, dans la ZI des Gâtines.

Le gardien des entreprises Mesnières devait être au courant de sa venue, car il fit un signe d'assentiment, et se dépêcha d'ouvrir la barrière métallique, depuis l'intérieur de son poste de contrôle vitré.

Boris Corentin contourna le grand hangar métallique, dépourvu de fenêtres, et alla stationner sur le petit parking situé à l'arrière du bâtiment clair qui abritait les bureaux des « administratifs ». Et, parmi eux, de Pamela Valorge, l'assistante particulière d'Amaury Mesnières, avec qui il avait rendez-vous, comme il l'avait déclaré au cerbère vieillissant de l'entrée.

Boris Corentin avait attendu d'être revenu à Paris, et d'avoir pu conférer brièvement avec Charlie Badolini, avant de tenter de joindre Amaury Mesnières.

Tentative vaine : son assistante lui avait expliqué que *personne* ne pouvait joindre directement Amaury Mesnières, le patron de l'entreprise qui portait son nom. Qu'elle voulait bien lui adresser un *mail* en lui expliquant que la police souhaitait lui parler, etc.

Pour couper court, Boris Corentin avait commencé par prendre rendez-vous avec l'assistante. En se disant que, de vive voix, les choses seraient sans doute plus faciles.

Et puis, il n'avait pas été insensible à la voix douce et un peu rauque de Pamela Valorge…

Corentin descendit de la 306 et se dirigea vers les trois ou quatre marches aboutissant à la grande porte vitrée du hall. Il était venu seul, Aimé Brichot devant rédiger son rapport concernant sa petite « virée » à Toulouse, au lendemain de la mort de Julie-Aude Sibrezac, et Yamina Tlili ayant décidé de se plonger dans les sites de sexe interactif, pour essayer d'y repérer un pseudo pouvant être celui de leur insaisissable tueur de filles.

D'un pas rapide, foulant l'épaisse moquette gris souris du couloir, Corentin se dirigea vers la double porte que venait de lui indiquer la petite hôtesse blonde de l'accueil. Porte qui s'ouvrit, avant même qu'il ait eu besoin d'y frapper.

Boris Corentin éprouva une sorte de choc, dû à la surprise, en découvrant la personne qui venait d'ouvrir et se tenait juste en face de lui.

Pamela Valorge, si c'était effectivement elle, ne paraissait guère plus de 16 ou 17 ans. En raison de son corps gracile, aux formes à peine esquissées, ses seins menus et ses hanches étroites. Une impression renforcée par ses joues rondes, ses cheveux bruns coupés courts, et son petit nez en trompette, séparant deux immenses yeux bleus. Ainsi que par la jupe plissée bleue et le sage chemisier blanc, à col de dentelle, dont elle était vêtue.

Les sourcils de Corentin se froncèrent malgré lui. Julie-Aude Sibrezac, la première victime, paraissait également beaucoup plus jeune que son âge réel, notamment en raison de son absence totale de système pileux, mais pas seulement. Le fait que l'assistante de Mesnières avait la même silhouette vaguement androgyne pouvait évidemment être une coïncidence. Mais Corentin croyait de moins en moins aux coïncidences de ce genre…

— Mademoiselle Valorge ? demanda-t-il, avec un sourire « velours-velours ».

— Oui, c'est moi, répondit-elle, en cambrant les reins machinalement, pour faire ressortir sa minuscule poitrine. Je suppose que vous êtes le commandant Corentin ? En tout cas, je l'espère…

Les derniers mots, déjà suffisamment explicites en eux-mêmes, elle les avait accompagnés d'un regard enveloppant, brûlant, presque déjà une caresse intime…

Brusquement, obéissant à une impulsion à peine contrôlée, Boris fit deux pas à l'intérieur du bureau, dont il claqua la porte derrière lui.

Avant de tourner posément le verrou par deux fois.

— Mais… qu'est-ce que vous faites ? murmura Pamela Valorge, le souffle court et les joues brusquement empourprées.

— Je fais ce que vos regards me demandent, répondit Corentin en marchant droit sur elle, et dont j'ai autant envie que vous... si ce n'est plus !

Et, avant que l'assistante de Mesnières eût le temps de dire ou de faire quoi que ce soit, Corentin avait refermé ses bras sur elle et l'écrasait littéralement contre son torse musclé, tandis que ses lèvres se posaient avidement à la base de son cou.

— Mais vous êtes fou, qu'est-ce que vous faites ? balbutia Pamela d'une voix mourante. Lâchez-moi immédiatement ou je me mets à hurler, je vous préviens !

Mais, en même temps qu'elle disait ça, son bassin s'avançait par petits coups, de plus en plus pressants, au-devant de celui de Corentin. Sans cesser de manger le cou et la nuque de sa partenaire de baisers impérieux, Boris avait réussi à glisser l'une de ses mains sous la jupe de Pamela, tandis que l'autre la maintenait solidement contre lui.

Elle poussa un petit gémissement pitoyable, lorsque les doigts masculins s'insinuèrent entre sa peau douce et l'élastique de sa petite culotte. Mais, en même temps, elle rentra le ventre, comme pour leur faciliter le passage.

Lorsque Boris atteignit l'orée de son pubis, aussi lisse qu'un ventre de bébé, elle ouvrit carrément les jambes pour l'inciter à l'investir vraiment.

Ce que firent les doigts de Boris aussitôt, plongeant avec délices entre les tendres pétales de l'intimité qui s'offrait, enduits d'un miel parfumé et brûlant.

Alors, abandonnant d'un coup la fiction de la pauvre fille forcée dans ses retranchements et offensée dans sa pudeur, Pamela s'attaqua avec une sorte de hâte fébrile au ceinturon du jean de Corentin, plongea ses deux mains dans la brèche qu'elle venait de pratiquer, et poussa un long gémissement de plaisir quand ses doigts se refermèrent autour de la hampe palpitante et lourde qui ne demandait qu'à en jaillir.

— Mon Dieu ! qu'est-ce qu'elle est grosse ! et dure ! Je ne pourrai jamais... Vous allez me déchirer...

Sa remarque prouvait au moins à Boris que Pamela avait une idée très précise de ce qu'elle comptait faire avec le pieu de chair noueuse qu'elle palpait fiévreusement entre ses deux mains.

— Laisse-moi faire ! souffla-t-il sur un ton impérieux, en la poussant vers le grand bureau de métal et de verre fumé.

Tout en reculant, après avoir lâché Boris d'une main, l'assistante avait retroussé sa jupe sur ses reins, puis déboutonné son chemisier pour laisser apparaître ses petits seins, qui s'enorgueillissaient de gros mamelons rose vif, tendus à l'extrême.

Lorsque ses fesses menues se posèrent sur l'épaisse plaque de verre fumé, Pamela noua d'elle-même ses cuisses autour des hanches de Corentin.

Lequel n'eut qu'un coup de rein à donner pour plonger jusqu'à la garde son membre viril dans la fournaise féminine qui l'appelait.

En se ruant en elle, Boris en eut littéralement le souffle coupé. Pamela était brûlante comme l'enfer... et étroite comme les idées d'un religieux intégriste.

Dès qu'il l'eut pénétrée de toute son impressionnante longueur, elle se mit à haleter et à agiter la tête dans tous les sens comme une possédée.

— Oh ! oui, encore ! implorait-elle, d'une voix à peine

reconnaissable, les bras noués autour du cou de Corentin. Mets-la moi bien au fond, mon beau salaud ! Baise-moi encore plus fort ! Aaah ! oui, plus fort ! Je vais... Ah ! je jouis !....

Boris explosa en elle, avec une force incroyable, bouillonnante, tempétueuse, au moment même où Pamela exhalait son orgasme en un long feulement de femelle comblée. Puis, Boris la sentit devenir toute molle entre ses bras, et il fut pratiquement obligé de la porter jusqu'au canapé, sur lequel elle se laissa choir, vidée de ses forces. Sans même prendre garde qu'avec ses cuisses écartées et sa jupe relevée sur son nombril, elle offrait à Corentin – à cet homme qu'elle ne connaissait pas dix minutes plus tôt – , une vision affolante, presque obscène.

Pris d'une inspiration soudaine, Boris s'assit à côté d'elle et promena le bout de son index sur le pubis vierge de toute toison intime de Pamela, la faisant légèrement ronronner.

— C'est Amaury Mesnières qui t'oblige à te raser à cet endroit-là ? demanda-t-il d'une voix neutre.

Pamela se redressa dans un sursaut violent, rabattit sa jupe sur son ventre et le dévisagea comme s'il était le diable :

— Co... Comment tu... Comment vous savez ça ?

Corentin faillit pousser un rugissement de joie : en y allant au bluff, à l'instinct, il venait de mettre en plein dans le mille. Il fallait pousser son avantage.

— C'est son trip, à Mesnières, les filles sans poils ? demanda-t-il gentiment. Car je suppose que tu couches avec lui, n'est-ce pas ?

Il vit Pamela devenir rouge de colère, et, durant une seconde ou deux, il eut la quasi-certitude qu'elle allait exploser et qu'il n'en tirerait plus rien. Mais, finalement, elle respira un grand coup, haussa les épaules, et le sang reflua de ses pommettes.

— Après tout, qu'est-ce que j'en ai à foutre, hein ? dit-elle d'une voix rageuse, presque agressive. Oui, je couchais avec mon patron, et alors ? C'est interdit par la police ?

— Tu as dit « couchais », nota Boris, toujours aussi gentiment. Pourquoi cet imparfait ?

Une sorte de rictus déforma fugitivement la bouche pulpeuse de la jeune femme.

— Parce que j'en ai ras-le-bol des fantasmes tordus de môssieur Mesnières, figure-toi ! Si je te disais ce qu'il m'a fait, il y a trois jours, ici même…

— Eh bien ! dis-le…

Pamela parut hésiter un instant, puis elle se lança d'un coup :

— Imagine-toi qu'il s'est pointé avec une caméra à infrarouge dernier modèle – c'est ce qu'il m'a dit : moi, j'y connais rien –, enfin bref, toujours est-il qu'après m'avoir passé cette putain de crème dépilatoire qui brûle comme c'est pas permis, il m'a – tiens-toi bien – *enfoncé sa saloperie de caméra à l'intérieur de la chatte* ! Est-ce que tu peux imaginer un truc pareil, dis ?

Boris Corentin ne répondit pas. De toute façon, il pouvait difficilement expliquer à Pamela Valorge que, oui, il imaginait parfaitement bien. Dans la mesure où il se trouvait déjà avec trois filles sur les bras. Des filles mortes parce qu'on leur avait, précisément, enfoncé dans le ventre des objets qui n'étaient pas prévus pour ça.

L'étau se resserrait autour d'Amaury Mesnières. Il ne

restait à Corentin qu'un détail à vérifier pour être certain de la culpabilité du chef d'entreprise.

— Et il est si séduisant que ça, ton patron, pour que tu aies cédé à tous ses caprices pervers ? demanda-t-il à Pamela, en lui caressant les cheveux du bout des doigts.

— Ça, faut reconnaître qu'il est vraiment pas mal ! sourit la jeune femme. C'est bien simple : il ressemble à Paul Newman il y trente ans !

— En effet, il ne doit pas être désagréable à regarder ! fit Corentin d'un ton naturel. Et je suppose que la voiture dans laquelle il sillonne la France, elle sort d'ici, des ateliers Mesnières ?

— Évidemment ! répondit Pamela en haussant les épaules. C'est même la plus somptueuse limousine qui soit sortie des ateliers depuis des années !

Corentin parvint à rester impassible. Cette fois, on y était : à moins d'une somme de coïncidences hautement improbable, Amaury Mesnières était bel et bien le triple meurtrier qu'il recherchait depuis maintenant cinq jours.

Il ne restait plus qu'un « petit » problème à résoudre : il fallait réussir à mettre la main sur lui, avant qu'il ne recommence avec une autre fille.

Et ça, dans la mesure où Amaury Mesnières sillonnait la France sans dire à personne où il se trouvait ni où il comptait aller, c'était plus facile à dire qu'à faire.

Chapitre X

Amaury Mesnières s'avança doucement jusque sous le gros pin parasol, et coupa le moteur de sa AM 1. La limousine occupait toute la largeur du chemin de grande randonnée sur lequel il l'avait engagée, peu après Colias. Chemin qui longeait le Gardon jusqu'au célèbre Pont du Gard, chef-d'œuvre de l'architecture civile romaine.

— Vous êtes sûr qu'on ne risque rien, ici ? demanda la fille installée à l'arrière de la limousine, vautrée sur les coussins de soie brodée. C'est assez passant, d'habitude, ce coin-là, non ?

— Stéphanie a raison, appuya la fille qui se trouvait à l'avant, confortablement installée sur le siège passager, à côté du conducteur. C'est vachement touristique, comme coin, vous savez…

Mesnières ne répondit rien, occupé qu'il était à vérifier les différents cadrans luminescents de son tableau de bord en bois de rose et loupe d'orme.

De toute façon, il savait très bien que, sauf manque de chance particulièrement criant, ils ne risquaient pas d'être dérangés. D'abord parce qu'il était déjà pas loin de huit heures du soir, et que la pleine saison touristique était terminée.

Et puis, surtout, il y avait les alertes lancées par Météo France, et qui concernaient toute cette partie de la France : Drôme, Ardèche, Vaucluse, et également le Gard où ils se trouvaient. D'après ces spécialistes du temps, de très violents orages allaient sans doute s'abattre sur la région, dans la nuit du 8 au 9 septembre, risquant de provoquer des crues importantes, voire dangereuses.

Et on était précisément le 8 septembre au soir.

Mais Mesnières s'en fichait royalement. Est-ce qu'on a peur des menaces du ciel, quand on s'appelle Amaury Mesnières ? Non, évidemment...

Il regarda alternativement les deux filles, qui, en silence, dociles, attendaient son bon vouloir. Puisqu'elles étaient payées pour ça.

Stéphanie, la petite blonde maigrichonne et presque sans formes, affalée à l'arrière sur les coussins, et Claudia, la brune un peu trop replète – pour le goût de Mesnières – qui avait pris place à l'avant, lorsqu'il les avait embarquées, à Uzès, une petite heure plus tôt.

Claudia était vêtue d'une jupe de cuir noire un peu trop juste pour elle, et d'une sorte de body moulant rose, qui laissait à découvert plus de la moitié de sa grosse poitrine un peu molle, que les cahots de la route avaient fait ballotter tout au long des quinze ou seize kilomètres séparant Uzès des rives du Gardon.

Amaury Mesnières retint la grimace qui lui montait aux lèvres. Celle-là, la Claudia, il s'en serait bien passé. Avec ses gros seins, ses hanches larges et ses cuisses pleines, elle représentait tout ce qui ne l'excitait pas, chez une fille. Durant tout le trajet, il n'avait pas cessé d'imaginer le bas de son ventre, envahi par une épaisse toison noire, image qui le dégoûtait vaguement.

Mais il y aurait quand même moyen de se servir de Claudia d'une façon amusante : les ressources secrètes de l'AM 1 allaient l'y aider…

Mesnières jeta un rapide coup d'œil sur l'écran de contrôle vidéo qui, par le biais de l'une des quatre caméras embarquées, lui permettait de surveiller tout ce qui se passait à l'arrière de la limousine.

Stéphanie, en revanche, la petite blonde maigrichonne, était parfaitement à son goût, pour autant que son tee-shirt ample et son pantalon trop large pouvaient le laisser en juger. Seins minuscules, hanches étroites, fesses menues, torse et cuisses maigres. Sans compter que, lors de leur conversation sur Internet, en début d'après-midi, elle lui avait assuré n'avoir pratiquement pas de poils…

Car, bien sûr, Amaury Mesnières, alias « Mac Fly » – il avait encore changé de pseudo, par prudence – avait « levé » Stéphanie et Claudia sur un *chat* érotique d'Internet. Elles s'étaient présentées à lui comme deux amies lycéennes, ce qui l'avait alléché. Au début de leur conversation, il se trouvait quelque part sur la A 40, entre Bourg-en-Bresse et Lyon. Il avait dans l'idée de rejoindre Clermont-Ferrand, pour aller passer la soirée et la nuit à l'hôtel Radio, de Chamalières, la meilleure table de la région, et de loin.

Finalement, il avait bifurqué et plongé plein sud, en direction du Gard.

Évidemment, quand il avait récupéré ses deux « lycéennes », dans un café d'Uzès qui s'appelait le G@mbrinus, il n'avait pas été long à réaliser qu'il avait affaire à deux jeunes prostituées, pas encore très sûres d'elles-mêmes. Au point de refuser de travailler séparément.

Voilà pourquoi, il s'était résigné à embarquer Claudia qui ne lui plaisait pas : pour avoir Stéphanie, qui, elle, lui plaisait beaucoup. Et même de plus en plus…

Autour de la limousine, dont il venait de couper le moteur, régnait un silence inhabituel, étrange. Aucun craquement ni frôlement dans les herbes desséchées et jaunies par l'été finissant, pas de battements d'ailes ni de piaillements d'oiseaux dans les branches des pins et des chênes nains qui les entouraient. Même pas les habituels bourdonnements d'insectes dans l'air chaud et immobile.

La nature tout entière paraissait retenir son souffle. Comme si tous les êtres vivants de ce coin du Gard avaient à cœur de vivre « sur la pointe des pieds », pour ne pas déclencher les colères du ciel.

Sans dire le moindre mot, sans même la regarder, Amaury Mesnières prit la main gauche de Claudia et la posa sur le devant de son pantalon. Avec un petit gloussement qui lui tapa sur les nerfs, la brune entreprit de le dégrafer et de faire jaillir à l'air libre une virilité épaisse, noueuse, mais encore à demi assoupie.

— Suce-moi, et tâche de t'appliquer ! ordonna Mesnières, d'un ton volontairement désagréable et brutal.

Docile, Claudia plongea en avant, avec un nouveau petit gloussement. Malgré ça, Amaury ne put s'empêcher de pousser un long soupir de satisfaction, lorsque les lèvres douces et charnues de la fille s'enroulèrent autour de son membre, comme un vivant anneau de plaisir.

— Ben et moi ? fit Stéphanie, à l'arrière de la limousine. Qu'est-ce que je fais pendant que vous vous amusez tous les deux ? Je joue toute seule peut-être ?

— Commence par te déshabiller, ma belle ! souffla Mesnières, un œil fixé sur la tête de Claudia qui montait et descendait entre ses cuisses ouvertes, et l'autre sur l'écran vidéo du tableau de bord.

Avant d'embarquer les deux filles, à Uzès, Amaury Mesnières avait transformé l'arrière de l'AM 1 en véritable chambre japonaise miniature. En actionnant les codes électroniques sur le mini-clavier de son volant, il avait replié les sièges sur eux-mêmes, pour en faire une sorte de natte épaisse et moelleuse à la fois. Puis, toujours par commande électronique, les montants latéraux en fibre de carbone et aluminium avaient coulissé à l'intérieur des portes, laissant apparaître des panneaux de bois clairs et lisses. Enfin, Mesnières avait fait coulisser la partie métallique du toit, afin de dévoiler l'espèce de coupole de verre, qui, elle-même, pouvait s'escamoter si on le désirait.

Tandis que les lèvres douces et prenantes de Claudia montaient et descendaient voluptueusement le long de sa virilité pleinement érigée, Amaury ne perdait pas une miette de ce qui se passait à l'arrière de la limousine, juste derrière lui.

Stéphanie avait fait voler son tee-shirt ample par-dessus sa tête, faisant apparaître ses petits seins à peine renflés, mais rehaussés par deux gros mamelons d'un rose très soutenu, complètement érigés. Comme si la situation ne la laissait pas indifférente...

— Ça t'excite de voir ta copine me pomper? demanda Amaury Mesnières, en adoptant volontairement une vulgarité qui n'était pas dans sa nature, et qui, dans certaines circonstances, l'excitait d'autant plus pour ça.

À l'arrière, Stéphanie eut un petit sourire indulgent que les caméras embarquées retransmirent à l'écran incrusté dans la masse du volant.

— Tu sais, je commence à avoir l'habitude, depuis le temps qu'on travaille ensemble, Claudia et moi... soupira-t-elle, en faisant glisser son pantalon jusqu'à ses chevilles, avant de l'envoyer promener d'un coup de talon.

À ce moment-là, elle se rendit compte que ce n'était pas du tout le genre de réponse que leur client attendait, et elle changea aussitôt son fusil d'épaule, en massant ses petits seins à deux mains, pour faire bonne mesure:

— Mais c'est vrai que c'est drôlement bandant de la voir avaler ta belle grosse queue bien raide! Rien que de penser que je pourrais être à la place de cette veinarde, j'ai la chatte toute trempée. Je peux enlever ma culotte?

— À ton avis?

Stéphanie s'empressa de se débarrasser du petit triangle de dentelle rose, qui alla rejoindre le pantalon sur l'épaisse moquette beige très clair du sol de la limousine. Puis, elle écarta complaisamment les cuisses, exhibant sous l'œil rond et immobile des deux caméras, intégrées dans les repose-tête avant, le fin duvet d'or qui ombrait à peine les pétales moirés de son intimité.

Elle ne mentait pas complètement, en disant que la situation l'excitait. Depuis quelques minutes, en effet, Stéphanie se sentait « toute chose », comme elle avait l'habitude de dire dans ces cas-là, lorsqu'une chaleur bien connue et délicieuse s'emparait de son ventre et de ses reins.

Autour d'eux, le vent s'était levé, assez nonchalant pour l'instant, et tiède, chargé de l'odeur un peu piquante des genêts environnants. Le ciel s'était brusquement assombri, moins à cause de la nuit qui s'avançait qu'en raison des gros nuages épais et moutonneux qui avaient commencé de le recouvrir. En même temps, Stéphanie avait l'impression que la température avait grimpé de plusieurs degrés, sans qu'elle soit capable de dire si c'était un phénomène extérieur, météorologique, ou bien si ça venait de la montée de sa propre excitation.

À l'avant, Claudia continuait d'engloutir méthodiquement le membre noueux qui envahissait sa bouche et sa gorge. Leur client devait apprécier le traitement, car, les yeux mi-clos, il avait complètement relevé la jupe de cuir de Claudia et, de la main droite, pétrissait ses grosses fesses avec une sorte de rage sourde.

Résignée à attendre son tour, Stéphanie s'installa confortablement sur la banquette repliée, et transformée en une sorte de natte, s'adossa au montant arrière de l'habitacle, et écarta les genoux au maximum.

Puis, la tête renversée en arrière, elle laissa sa main droite descendre le long de son ventre creux, afin de plonger ses doigts nerveux dans le puits velouté et brûlant de son intimité impatiente.

Lorsque le bout de son index entra en contact avec son petit bourgeon gonflé et luisant, siège du plaisir féminin, elle ne put retenir un petit hoquet de plaisir, qui fit rouvrir les yeux à Mesnières. D'un coup d'œil à l'écran vidéo du volant, il comprit que Stéphanie était en train de se caresser, bien décidée à se donner du plaisir toute seule. Un petit sourire bizarre illumina son visage déjà passablement empourpré.

— Arrête ! lui intima-t-il d'une voix sourde. Pas la peine de te branler, ma belle : j'ai beaucoup mieux pour toi, tu vas voir ! Tu as juste à te décaler au milieu de la banquette, entre les deux espèces de coutures que tu vois sur le dossier... Voilà, juste là, tu y es ! Et maintenant, ne bouge plus, laisse-toi faire... et savoure !

En redressant légèrement le buste, Amaury Mesnières pianota une série de données sur le mini-clavier relié à l'ordinateur central de la limousine, tandis que Claudia, docile, continuait de l'engloutir entre ses lèvres un peu molles, avec des ronronnements qui devaient sans doute, dans son esprit limité, illustrer le plaisir que cette fellation était censée lui procurer à elle-même.

Quand Mesnières eut entré dans l'ordinateur les données qu'il connaissait par cœur, il abaissa une petite manette située sous le volant. Presque aussitôt, derrière, Stéphanie poussa un petit cri, à la fois de surprise et de frayeur :

— Eh ! mais qu'est-ce qui se passe, là ? C'est quoi, ce truc, putain ?

— Du calme, ma belle, murmura Mesnières, en se recalant confortablement dans son siège. Laisse-toi faire : tu es maintenant assise dans le fauteuil des plaisirs. Il va te prendre complètement en charge...

C'était l'invention dont Amaury Mesnières était le plus fier, ce « fauteuil des plaisirs ». Avec le godmiché télescopique du capot, évidemment. Sans doute parce que c'étaient deux des gadgets qu'il avait lui-même mis au point et installés, de A à Z, tout seul, dans le plus grand secret. Et après le passage de l'AM 1 aux Mines, ça va sans dire. Car, sinon, il aurait pu dire adieu à l'homologation de sa limousine...

À l'arrière de la voiture, Stéphanie continuait de ne rien comprendre à ce qui était en train de se passer. Et d'appréhender la suite, tellement c'était incroyable.

La partie centrale de la banquette, celle où elle était assise, était en train de se transformer toute seule, comme si elle était vivante !

Stéphanie sentait des mouvements, sous ses fesses, dans son dos, le long de ses cuisses, contre ses épaules maigres. Des sortes de reptations, des excroissances qui se formaient, s'adoucissaient, revenaient, disparaissaient, pour mieux se reformer ailleurs. Tout cela produisait d'infimes vibrations qui se répercutaient à tout son corps, ainsi qu'un très léger bourdonnement.

Et plus le siège avait de mouvements, d'ondulations internes, plus le cuir souple, d'une texture incroyablement douce, adhérait à sa peau nue.

Soudain, Stéphanie crut comprendre ce qui se passait, et elle ouvrit la bouche, sans qu'aucun son n'en sorte, tandis que ses yeux s'écarquillaient de stupeur.

Le siège était tout simplement en train de se modeler tout seul à la forme même de son corps !

— Il y a des capteurs électroniques, souffla Amaury Mesnières d'une voix rauque, comme s'il avait perçu la question qui taraudait Stéphanie. Ils prennent la mesure de ton corps, de ta morphologie, et ils adaptent le siège à elle.

Et tu vas voir : le meilleur reste à venir…

Au moment où il disait ça, deux sortes d'accoudoirs, très souples et jusqu'à présent invisibles, jaillirent de la base du dossier avant de se refermer sur le ventre palpitant de Stéphanie et de remonter vers sa poitrine.

Exactement comme les deux bras d'un homme qui se serait trouvé derrière elle. Des bras très doux, mais dont elle pouvait sentir la puissance, à la manière dont ils plaquaient son corps nu contre le dossier du siège, qui, à présent, épousait exactement les contours de sa silhouette mince.

À leur extrémité, les deux « bras » étaient munis de petits coussinets veloutés, un peu comme ceux qui tapissent le bout des pattes des chats. Des coussinets qui tournaient sur eux-mêmes en vibrant légèrement.

Lorsque le bras de gauche atteignit son sein droit, et que les coussinets vibreurs vinrent agacer son mamelon érigé, Stéphanie poussa un soupir rauque, et tout son corps s'arqua, comme pour échapper à l'affolante caresse. Échappatoire impossible, dans la mesure où l'autre bras lui ceinturait le ventre, avec douceur mais aussi une grande fermeté.

Au moment où la petite blonde se mit à gémir de plaisir, agitant sa tête de droite à gauche, l'ordinateur qui commandait le « fauteuil des plaisirs » prit une nouvelle initiative. Comme si son « intelligence » était capable de comprendre que, le désir féminin étant ce qu'il est, il était temps d'offrir à Stéphanie quelque chose de plus « consistant ».

Le quelque chose en question commença par frôler l'intérieur des cuisses nues de la jeune femme. Très haut. Avec un petit sursaut, elle parvint à pencher la tête, pour voir ce qui se passait. Elle poussa un nouveau petit cri de stupeur, en découvrant ce qui était en train de se matérialiser entre ses jambes, tout contre son ventre inondé – surgissant de l'intérieur même du siège.

Un sexe.

Un sexe d'homme érigé, noueux, très gros, d'un réalisme extraordinaire, aussi bien dans la couleur que dans la moulure.

Une virilité fièrement dressée, qui continuait de sortir du fauteuil, lentement, régulièrement. Les yeux écarquillés et brillants, les joues écarlates, Stéphanie avança la main droite, presque timidement, vers l'engin qui « poussait » littéralement, telle une plante vivante, contre son ventre.

Elle ne put retenir un petit cri ravi lorsque ses doigts s'enroulèrent autour de cette virilité « venue d'ailleurs » : le contact, la matière, son mélange de dureté et d'élasticité, la douceur du grain, tout y était quasiment parfait : en fermant les yeux, elle se dit qu'elle aurait vraiment pu croire qu'elle caressait un sexe d'homme, un vrai. Ajoutée aux deux bras électroniques articulés, qui continuaient leurs caresses vibrantes sur les mamelons érigés de ses seins, cette pensée acheva de lui enflammer les sens.

— Je le veux ! haleta-t-elle, en fixant l'une des deux caméras embarquées d'un regard halluciné et implorant. Je veux cette queue dans ma chatte, maintenant ! Je veux qu'elle me baise ! qu'elle me pine ! qu'elle me… Aaah !

Son flot d'obscénités explosa en un long feulement rauque, tandis que tout son corps se couvrait de fines gouttelettes de sueur translucide.

Sans qu'elle sache comment, électroniquement ou sur intervention humaine, le membre factice s'était soudain rétracté rapidement à l'intérieur du siège, avant d'en ressortir à nouveau, mais suivant un angle légèrement plus fermé.

Une différence qui suffit pour que la virilité noueuse plonge directement au centre de l'intimité en fusion, dont la corolle trempée s'ouvrit sans difficulté sous cette intrusion à la fois douce et impérieuse.

Autour de la limousine, le vent soufflait de plus en plus fort, et, à présent, il faisait très sombre, presque nuit, à cause des énormes nuages d'encre qui s'accumulaient au-dessus de la garrigue.

Le feulement de Stéphanie alerta Claudia qui, du coup, interrompit sa fellation et releva la tête pour voir ce qui se passait.

— Wouaow ! s'exclama-t-elle, en voyant sa copine se tordre comme un serpent sur la braise, sous les coups de boutoir de l'énorme verge postiche qui lui dilatait le ventre. C'est dingue, ce truc ! La veinarde : elle a l'air de jouir comme une malade !

Une flamme inquiétante s'alluma dans les yeux azur d'Amaury Mesnières, mais Claudia, fascinée par le spectacle qui se déroulait à l'arrière, ne la vit pas.

— Ça te dirait de jouir encore plus fort qu'elle ? demanda-t-il, d'une voix courte, presque essoufflée. J'ai encore quelques petits secrets à ta disposition, tu sais…

Claudia le regarda avec des yeux brillants de convoitise, et un sourire un peu niais. En même temps, elle avait enroulé machinalement ses doigts autour de sa verge palpitante et luisante de salive, et l'agitait mollement.

— C'est vrai ? souffla-t-elle, avec un petit clin d'œil qui se voulait égrillard. Tu sais que tu me tentes, espèce de gros vicieux ?

Amaury serra les poings et les mâchoires. Il avait envie de la gifler, à cause de ce ton niais qu'elle prenait avec lui, et qu'elle devait croire excitant. Mais il y avait bien mieux à faire…

— Descends de la voiture, fous-toi à poil et viens… gronda-t-il, d'une voix qui le surprit lui-même et le fit tressaillir.

Dehors, à présent, le vent secouait les branches des arbres, épineux comme feuillus, avec une sorte de rage. Au loin, très loin vers le nord-ouest, de sourds grondements semblaient annoncer l'avancée inexorable des orages. Des grondements auxquels se mêlaient les halètements et les cris de Stéphanie, qui, à l'intérieur de l'Am 1, se tordait sur le « fauteuil des plaisirs » de plus en plus convulsivement ;

— Allonge-toi sur le capot… ordonna Amaury à Claudia. Non ! pas comme ça : sur le ventre…

— Tu es sûr ? demanda la brune potelée, dont les gros seins légèrement tombants frissonnaient sous les rafales de vent qui en érigeaient les pointes épaisses et brunes. J'aimerais mieux à l'intérieur, comme Stéphanie, moi…

— Tais-toi et fais ce que je te dis ! gronda Mesnières sur un tel ton que Claudia s'empressa de se mettre à plat ventre sur le capot.

— Écarte bien les bras et les jambes, ordonna Amaury, avec une petite moue de dégoût, en découvrant le buisson noir et touffu qui s'épanouissait entre les cuisses de Claudia, et jusque dans le profond sillon séparant en deux globes laiteux sa croupe opulente.

À mesure qu'il lui liait les chevilles, puis les poignets, il sentait une excitation irrésistible croître en lui. Une excitation qu'il commençait à bien connaître.

C'était comme un feu, qu'une main invisible aurait allumé au milieu de sa tête. Au début, c'est agréable, le feu : ça éclaire, ça réchauffe. Seulement, très vite, ça prend de l'importance, ça s'étend.

Alors, ça se met à brûler.

De plus en plus douloureusement.

Enfin, si on ne fait rien, il détruit tout, le feu,. il ravage, il anéantit.

Pour l'instant, Amaury Mesnières en était au début de la phase agréable du « réchauffement ». Mais il savait déjà que le brasier allait croître rapidement, dans son cerveau. Et il savait aussi que, pour l'éteindre, pour l'empêcher de tout détruire, il n'y avait qu'un moyen.

Une fois de plus, comme avec celles qui avaient précédé Claudia sur le capot de la limousine, comme avec Sissi, Lolita et Candy, il allait devoir éteindre l'incendie qui ravageait son cerveau en l'arrosant avec le sang de sa nouvelle victime.

De nouveau installé sur le siège du pilote, Amaury Mesnières jeta un coup d'œil à l'écran vidéo incrusté dans le volant. Ses yeux se mirent à briller, en découvrant Stéphanie qui tressautait sur le fauteuil, dont les bras caressaient tout son corps de plus en plus vite, tandis que la verge de caoutchouc continuait de pilonner son ventre. Perdue dans les brumes de son plaisir, elle ne s'était même pas aperçue que sa copine et leur client avaient quitté la voiture.

À regret, après un dernier regard à cette fille qu'il se promettait de prendre, tout à l'heure, Mesnières bascula le circuit vidéo, de façon à ce que l'écran affiche désormais ce qu'allait transmettre la caméra infrarouge miniaturisée qu'il avait lui-même installée au bout du god télescopique du capot. Cette caméra qu'il avait dû aller chercher en urgence à Nantes, au sein même des entreprises Minélec, trois jours plus tôt...

Puis, il mit le contact de la limousine, avant d'entrer sur le clavier de l'ordinateur les paramètres et les codes nécessaires à la mise en route du god-caméra.

Son pied droit appuya doucement sur la pédale de l'accélérateur. Laquelle, par le biais de capteurs d'énergie électroniques, commandait directement la dilatation et l'accroissement de taille du god-caméra.

Juste devant Mesnières, de l'autre côté du pare-brise panoramique, dont il avait abaissé la vitre amovible, Claudia eut un violent sursaut, lorsque l'engin se fraya un chemin entre ses chairs délicates.

Au même instant, comme si les deux filles étaient elles aussi « reliées » l'une à l'autre, Stéphanie se mit à haleter de plus en plus fort, à ruer sur le siège qui l'enveloppait comme une seconde peau de cuir souple et tiède.

Enfin, pratiquement en même temps aussi, un premier coup de tonnerre éclata dans le lointain, dans la direction d'Uzès et d'Alès.

L'œil rivé sur son écran de contrôle, où des masses spongieuses et roses évoluaient en une sorte de danse nonchalante et hypnotique, Amaury Mesnières saisit à pleine main sa virilité toujours érigée. La décharge de désir que lui communiquèrent ses propres doigts, en s'enroulant autour de son membre palpitant, le poussa à enfoncer un peu plus la pédale d'accélérateur. Les 12 cylindres du moteur se mirent à gronder, mais, étant au point mort, l'AM 1 ne bougea pas ;

En revanche, sur le capot, Claudia eut un violent sursaut dans ses liens, et, son visage placide brusquement déformé par un début de douleur, elle poussa un cri de protestation, que le vent emporta aussitôt.

Dans sa tête, tandis que sa main allait et venait de plus en plus vite autour de son sexe gonflé, Amaury Mesnières sentait l'incendie croître. La brûlure commençait à devenir insupportable. Le plaisir risquait de se changer rapidement en douleur. Il fallait l'éteindre, vite.

Maintenant.

Son pied se crispa sur l'accélérateur, et le moteur, cette fois, rugit plus fort que l'orage qui approchait.

Mais moins fort que le hurlement qui sortit de la gorge tordue de Claudia, dont la souffrance soudaine rendait le visage méconnaissable, hideux.

Les yeux exorbités, Mesnières ne cessait de fixer l'écran incrusté dans le volant. La caméra progressait dans le ventre ouvert de sa victime sacrificielle.

Oui ! c'était exactement ça ! Il était une sorte de grand-prêtre, de demi-dieu ! Et elle, cette misérable fille sans importance, elle n'était qu'un petit animal qu'il avait parfaitement le droit d'utiliser à sa guise ! Pour son plaisir. Et pour éteindre le feu, dans sa tête…

Au moment où le plaisir explosait en lui, jaillissant de sa verge tendue à se rompre en longs ruisseaux frénétiques, Amaury Mesnières enfonça d'un coup brutal la pédale d'accélérateur.

Sans s'apercevoir que, dans son mouvement, son genou venait de heurter la petite manette en bois de rose, celle qui commandait le « fauteuil des plaisirs » sur lequel Stéphanie continuait de crier sa jouissance.

Des cris qui furent couverts par le hurlement atroce de Claudia. Tout son corps s'arqua sur le capot, ruant avec une telle force dans ses liens que la limousine se mit à osciller, malgré son poids de plus de trois tonnes.

Puis, après être restée plusieurs secondes immobile, tous les muscles tétanisés par l'horrible souffrance, le cou tendu vers le ciel plombé, Claudia retomba comme une masse sur le capot et ne bougea plus.

Le ventre broyé, transpercé de part en part par le monstrueux appendice qui continuait de « regarder » à l'intérieur de son corps, noyé par l'hémorragie.

Un coup de tonnerre plus proche et plus violent, fit reprendre brusquement ses esprits à Amaury Mesnières qui, la tête sur l'épaule droite, haletait comme s'il venait de courir un kilomètre à toute vitesse.

La première chose dont il prit conscience, c'est que Claudia, devant lui, sur le capot, ne bougeait plus.

La deuxième chose qui le frappa, c'est qu'il n'entendait plus aucun cri, plus aucun soupir, venant de la banquette arrière. Même pas le souffle régulier d'une respiration ordinaire.

Bloqué par une sorte de crainte superstitieuse, Amaury Mesnières n'osa pas se retourner. À la place, il déconnecta le god-caméra et reconnecta les deux caméras embarquées, dont l'objectif était dirigé vers l'habitacle arrière de la limousine.

Il eut l'impression que, d'un coup, tout son sang quittait son corps, et que son cœur se figeait dans un étau de glace.

Stéphanie avait disparu !

— C'est impossible, elle ne pouvait pas ! glapit Mesnières d'une voix suraiguë, en tapant rageusement du plat de la main sur l'écran vidéo, comme s'il avait le pouvoir de faire revenir Stéphanie à sa place.

C'est alors que, en baissant les yeux, Mesnières vit que la petite manette en bois de rose était revenue à sa position initiale. Sans doute à cause d'un mouvement inconsidéré qu'il avait dû faire, pensa-t-il aussitôt.

Le résultat, évidemment, c'était que le « fauteuil des plaisirs » était, lui aussi, revenu à sa position initiale, délivrant Stéphanie du même coup. Laquelle Stéphanie, voyant ce qui était en train d'arriver à sa copine, s'était dépêchée de prendre le large.

Avec un rugissement de rage, Amaury Mesnières bondit hors de la limousine. Au même moment, les premières gouttes de pluie, larges, lourdes, s'écrasèrent sur le toit en fibre de carbone de l'AM 1. Ainsi que sur le visage congestionné de haine de son propriétaire.

Un coup d'œil lui apprit que le pantalon, le tee-shirt, les baskets et la culotte de Stéphanie étaient toujours dans la voiture. Donc, si elle était partie nue, sans chaussures, elle ne pouvait pas être bien loin. Tant mieux, car il fallait absolument qu'il la retrouve, et vite. Sinon, il était fichu. Coulé. Mort.

Pour ne pas mourir, il n'avait donc qu'une solution : remettre la main sur Stéphanie.

Et la tuer.

CHAPITRE XI

La porte du bureau des Affaires recommandées s'ouvrit à la volée, faisant sursauter Boris Corentin et Aimé Brichot, tous deux penchés sur la carte routière Michelin que Corentin avait dépliée sur son bureau, afin d'essayer de dégager une espèce de logique, dans les déplacements, en France, du tueur à la voiture.

C'est-à-dire, selon toute probabilité, d'Amaury Mesnières. Lequel, comme s'il se doutait de quelque chose, n'avait donné aucun signe de vie à son assistante, Pamela Valorge, depuis plus de vingt-quatre heures.

— Messieurs, leur avait dit Charlie Badolini, je suis d'accord avec vous que tout *semble* accuser Amaury Mesnières. Le problème, c'est que, dans le cas d'un homme qui a le carnet d'adresses de Mesnières, le « semble » est de trop. Ce sont des preuves irréfutables que je veux ! Donc, en attendant, pas question de diffuser son numéro de plaque minéralogique à tous les flics de France et de Navarre. Du doigté, messieurs : énormément de doigté !

Boris Corentin et Aimé Brichot se retournèrent ensemble,

juste à temps pour voir la silhouette pulpeuse de Yamina Tlili s'engouffrer dans leur bureau.

Visage rouge, yeux crépitant d'excitation, bouche entrouverte : la jeune « ex-hackeuse » avait la physionomie d'un chasseur qui vient de lever un beau lièvre.

— Ça y est ! Enfin ! clama-t-elle, en refermant la porte derrière elle, d'un coup de talon.

— Qu'est-ce qui y est ? bougonna Aimé Brichot, qui commençait à en avoir marre de s'user les yeux sur la carte routière.

— J'ai réussi à localiser la voiture de Mesnières ! Dans le sud-est...

— Génial ! s'exclama Boris. il n'y a plus qu'à...

— Du calme ! le coupa Yamina, en posant l'une de ses fesses rondes sur le coin de son bureau. J'ai simplement réussi à déterminer qu'il se trouvait *quelque part* dans le sud-est, disons dans un triangle dont la pointe nord serait Valence et les deux autres Marseille et Montpellier. Et qu'il s'y trouvait lors de sa dernière connection Internet, c'est-à-dire, quand même, il y a au minimum deux heures.

Par-dessus ses lunettes, Aimé Brichot la regarda d'un air légèrement soupçonneux :

— On peut réellement faire ça ? Localiser physiquement un usager d'Internet ?

Yamina lui adressa un petit sourire mutin :

— *Moi*, je peux le faire ! Et ce n'est pas la peine de me dire que c'est illégal, que c'est porter atteinte aux libertés individuelles, vu que je le sais parfaitement !

— On va dire que, momentanément, la hackeuse a repris en toi le dessus sur la policière d'élite ! fit Corentin avec un sourire.

Au même moment, son portable se mit à sonner. Boris prit la communication, et reconnut aussitôt la voix faussement joviale, le ton très « commercial » de Philippe Pibraye, le responsable des ventes de la société Minélec, spécialisée, entre autres, dans la fabrication des caméras miniaturisées, à infrarouge ou non.

Philippe Pibraye à qui, une demi-heure plus tôt, Boris Corentin avait envoyé un *e-mail*, lequel se composait d'une question, très courte, sous une photographie numérisée.

— Monsieur Corentin ? Ah ! je me demandais si j'allais réussir à vous joindre à une heure aussi tardive ! s'exclama-t-il avec cette fausse gaîté de commande qui tapait sur les nerfs de Boris.

— Étant donné que vous avez mon numéro de portable, je ne vois pas pourquoi vous n'auriez pas pu me joindre, quelle que soit l'heure ! répliqua-t-il sèchement.

— Euh… c'est exact… fit l'autre, cueilli à froid.

— Répondez plutôt à la question que mon *e-mail* vous posait, monsieur Pibraye : *est-ce que c'est bien lui ?*

Il y eut un petit temps de silence, comme si son interlocuteur ne pouvait s'empêcher de soigner ses effets. Ce qui eut pour conséquence d'énerver encore plus Corentin :

— J'attends, monsieur Pibraye ! Je n'ai pas toute la nuit à vous consacrer, vous savez !

— Euh… oui… Bon, eh bien, c'est lui, en effet, soupira Philippe Pibraye, comme à regret.

— Donc, nous sommes bien d'accord, insista Boris Corentin, qui s'était mis à faire les cent pas dans le bureau : l'homme dont je vous ai expédié la photo est bien celui à qui, il y a trois jours, vous avez vendu – en fraude – un objectif de caméra miniature à infrarouge ?

— Oui... Oui, c'est bien lui, il n'y a pas de doute, répondit son correspondant, sur un ton qui avait perdu beaucoup de sa superbe. Dites, monsieur Corentin... j'ai toujours votre parole : à aucun moment, je n'apparaîtrai dans toute cette affaire, n'est-ce pas ? On oublie tout, hein ?

— Monsieur Pibraye, répliqua sèchement Boris, sachez qu'un policier ne donne jamais sa parole à un escroc, fût-il d'aussi piètre envergure que vous ! Je vous répète simplement que, *si ce n'est pas absolument nécessaire pour notre enquête*, je m'abstiendrai de citer votre nom. Au revoir, monsieur Pibraye !

— Alors ? demandèrent Yamina et Brichot en même temps, quand il eut coupé la communication.

— Alors, c'est bien Amaury Mesnières qui, il y a trois jours, est allé acheter un objectif de caméra identique à celui qu'on a retrouvé dans l'utérus de Julie-Aude Sibrezac, répondit sombrement Corentin.

— Bon, au moins, on sait où on va maintenant, soupira Yamina, en passant la main dans ses épais cheveux noirs frisés.

— Non, justement, on ne sait pas, grogna Aimé Brichot, en passant, lui, la main sur sa calvitie. Pour commencer, il faudrait d'abord « loger » Mesnières avec plus de précision. Et je ne vois pas com...

— Yamina ! fit soudain Boris Corentin, en se tournant vers elle, je suis sûr qu'à la Befti, vous devez avoir la liste de tous les ESCI ?

La jeune stagiaire haussa les épaules :

— Évidemment ! Pour qui tu nous prends ?

Aimé Brichot les dévisagea tour à tour, d'un air éberlué :

— Ça vous ennuierait de revenir au français basique ? que je puisse suivre, quoi...

— ESCI = enquêteurs spécialisés en criminalité informatique, expliqua rapidement Boris. il y en a au minimum trois ou quatre dans chaque SRPJ. Donc, je me suis dit qu'à la Brigade dont fait partie Yamina, ils devaient avoir leurs coordonnées à tous.

— Bon, on les a, et alors ? demanda la jeune femme.

— Alors, on va leur envoyer à tous un *e-mail*, pour leur demander qu'ils nous signalent directement tout problème qu'ils pourraient rencontrer, lié à Internet. En demandant à tous ceux du Grand Sud d'être particulièrement vigilants. On ne sait jamais...

— Je m'en occupe, fit Yamina, en sautant du bureau où elle était assise, pour se précipiter vers le téléphone le plus proche.

— Ah ! Yamina ! la héla Boris. Il faut absolument leur donner les deux pseudos sous lesquels a officié Mesnières jusqu'à présent : ça peut servir à les aiguiller, à attirer leur attention. Et, évidemment, la description de sa voiture et son numéro d'immatriculation, mais en leur recommandant bien de ne rien faire avant de m'avoir contacté.

— Et si ça ne donne rien ? demanda Aimé Brichot, sans cesser de torturer la pointe de sa moustache.

Boris Corentin haussa les épaules :

— Si ça ne donne rien, on trouvera autre chose, Mémé !

Avant d'ajouter, d'une voix plus sombre :

— Mais, franchement, de toi à moi, je ne vois absolument pas quoi !

****

Une heure et quarante minutes plus tard, au moment où le téléphone gris clair posé sur le bureau de Boris Corentin se mit à sonner, les trois policiers commençaient à se dire qu'ils étaient en train de faire fausse route, et qu'ils allaient devoir imaginer un autre moyen pour coincer Amaury Mesnières. C'est pourquoi Corentin décrocha avec une certaine lassitude:

— Allô…

— Commandant Corentin ? Je suis le capitaine Sillargues, du SRPJ de Montpellier. J'ai quelque chose qui ne correspond pas exactement à ce que vous recherchez, d'après votre *e-mail* de tout à l'heure, mais enfin…

— Merci d'appeler… et dites toujours !

— Voilà, il y a une demi-heure, à peu près, une certaine Jeannine Chicot s'est présentée au commissariat d'Uzès, pour signaler que sa fille Stéphanie avait disparu. D'après elle, sa fille devait venir dîner chez elle, et jamais elle n'aurait fait faux bond sans la prévenir…

— Très bien, et alors ? fit Corentin, avec un zeste d'impatience dans la voix.

— Alors, par acquit de conscience, les collègues d'Uzès sont allés jeter un coup d'œil à l'appartement que Stéphanie Chicot occupe avec une amie, Claudia Samperini. Il n'y avait personne. Par contre, ils ont trouvé l'ordinateur resté allumé…

— Et alors ? fit très vite Corentin, dont les battements de cœur venaient de s'accélérer, et qui brancha le haut-parleur pour que Brichot et Yamina puissent profiter de la conversation.

— Alors, sur l'écran, il y avait encore les deux derniers dialogues échangés entre l'une des filles et son correspondant.

— Et ça disait quoi ?

— La fille avait écrit : « Ma copine et moi, on t'attend au café G@mbrinus dans trois heures pile. Tâche d'être à l'heure, hein ! Et on est bien d'accord pour mille euros ? » Quant à son interlocuteur, il a répondu : « Je serai à l'heure. Et après… à nous les folies ! » Seulement, il y a un hic, commandant, et c'est pour ça que j'ai hésité avant de vous appeler : le type en question – si c'est bien un homme, d'ailleurs – ne signe ni K 2000, ni Batmo, comme vous le disiez dans votre *e-mail*…

— Et il signe comment ? demanda Corentin.

— Mac Fly.

Yamina Tlili et Aimé Brichot furent très surpris de voir Boris Corentin se mettre à exulter en entendant ce nom qui, pourtant, semblait être la preuve d'une fausse piste. À leurs yeux, en tout cas.

— Merci capitaine Sillargues ! s'empressa-t-il. Je vais vous demander une chose : c'est d'envoyer tout de suite quelqu'un dans ce café, le…

— Le G@mbrinus, commandant.

— C'est ça, et d'essayer d'obtenir le signalement de l'homme qui a retrouvé les deux filles et qui est probablement parti avec. Si jamais on dit à votre enquêteur que l'homme en question ressemblait à Paul Newman jeune, vous m'appelez immédiatement sur mon portable, au 06 09 02 89 12.

— À Paul Newman, hein ? Et ça sera bon signe, ça ?

— Ça sera signe que vos deux disparues sont en grave danger de mort, répondit lugubrement Corentin avant de prendre congé du capitaine Sillargues.

Et il raccrocha, visiblement très excité.

— Je ne comprends pas pourquoi tu t'emballes comme ça, soupira Aimé Brichot avec un léger haussement d'épaules, puisque le pseudo ne correspond à aucun des deux utilisés par Mesnières.

— C'est juste qu'il s'en est choisi un nouveau, répondit Corentin, en se frottant machinalement les mains l'une contre l'autre.

— Oui, comme ça peut être n'importe qui d'autre ! bougonna Brichot.

— Mac Fly, ça ne vous dit vraiment rien ? demanda Corentin, en les regardant alternativement tous les deux. Même pas à toi, Yamina ? C'est pourtant de ton âge !

— Mais qu'est-ce qui est de mon âge ? se rebiffa-t-elle avec un peu d'impatience. Je ne comprends absolument rien à ce que tu racontes, Boris !

— C'est pourtant simple, répliqua celui-ci, avec le sourire du carnassier qui est sûr qu'il vient de lever une proie : Mac Fly est le nom de famille du jeune homme héros du film « Retour vers le futur ». Film dans lequel il se rend – paradoxalement – trente ans en arrière, dans le passé. Et par quel moyen remonte-t-il le temps, le jeune Marty Mac Fly ? Hmm ? *Au volant d'une voiture miracle !*

— Bon sang ! encore une voiture ! s'exclama Yamina. Tu as raison, Boris : ça peut être notre homme !

— J'en suis certain ! appuya Corentin avec une sorte de jubilation. Ça ne peut être que lui ! C'est forcément Amaury

Mesnières !

Il redevint brusquement très sombre, et ajouta sur un ton presque sinistre :

— C'est bien pour ça qu'on a intérêt à ne pas perdre une minute, si on veut lui mettre la main dessus avant d'avoir deux nouveaux cadavres de filles sur les bras.

CHAPITRE XII

Lorsque Boris Corentin déboucha de l'avion, sur la passerelle de débarquement, il en eut presque le souffle coupé. Sur le tarmac de l'aéroport de Nîmes-Arles-Camargue, le vent mugissant était d'une violence ahurissante, et transportait des paquets d'eau glacée, qui paraissaient tomber à pleins seaux du ciel noir et grondant.

Le visage instantanément trempé, Corentin ne distinguait rien, dans le tournoiement hystérique de la tempête et de l'orage, si ce n'est, droit devant lui, à une centaine de mètres les lumières tremblotantes, incertaines, des bâtiments du petit aérogare.

Aimé Brichot derrière lui, il descendit les marches métalliques de la passerelle et allait pour s'engouffrer dans le minibus chargé d'amener les passagers du vol de Paris-Orly jusqu'au hall, lorsqu'il repéra, sur sa droite, une voiture munie d'un gyrophare bleu clignotant. Avec, assis au volant, un homme qui faisait de grands signes dans sa direction.

Le visage et le corps cinglés par la pluie, qui les frappait presque à l'horizontale, à cause du vent furieux, Corentin et

Brichot coururent vers la Renault Mégane vert bouteille, dans laquelle ils s'engouffrèrent, Corentin devant et son coéquipier derrière.

— Désolé pour vos coussins ! fit un Boris dégoulinant. Je suppose que vous êtes le capitaine Sillargues ?

— Tout juste ! sourit le jeune homme brun, à l'allure athlétique et au sourire engageant, dont une mèche de cheveux barrait le front jusqu'à la monture dorée de ses petites lunettes rondes. Vous avez eu de la chance d'attraper ce vol : la ligne a été fermée juste après ! Trop dangereux, avec les orages qui se déchaînent un peu partout.

— Vous avez du nouveau, concernant notre affaire ? demanda Boris Corentin, tandis que la voiture conduite par le policier de Montpellier faisait demi-tour, en direction des bâtiments de l'aéroport.

— Je crois que oui, répondit leur guide, en hochant la tête, tout en faisant passer ses essuie-glaces sur la vitesse maximale. Il y a environ une heure, deux habitants du village de Collias ont vu une voiture « bizarre » – ce sont leurs propres termes – s'engager sur le chemin qui longe le Gardon en direction du Pont du Gard. Avec trois personnes à l'intérieur…

— Comment vous le savez ? s'enquit Aimé Brichot, occupé à nettoyer ses verres de lunettes, trempés.

— Ils sont allés le signaler à la secrétaire de mairie de Collias, parce qu'ils se sont dit qu'avec les orages qui approchaient, c'était dangereux de s'engager dans ce chemin, facilement submergé par gros temps. La secrétaire en question, pour se couvrir, a téléphoné au commissariat d'Uzès.

— Ils ont dit ce qu'ils entendaient par « bizarre » ?

demanda Corentin, en passant une main machinale dans ses cheveux dégoulinant d'eau.

— Une très grosse voiture de couleur foncée, c'est ce qu'ils ont dit, répondit le capitaine Sillargues, qui venait d'entrer sur l'autoroute A9, dont il comptait sortir à Rémoulins, pour prendre la direction d'Uzès. Genre luxueux, apparemment. Et avec une grosse lettre d'argent sur l'avant du capot, mais ils n'ont pas pu distinguer laquelle.

— Un M ! gronda Corentin entre ses dents. Je parierais un an de salaire que c'est un M…

— M comme Mesnières, fit Brichot, à l'arrière de la Mégane, comme en écho.

— Direction Collias, décida Boris Corentin. Il faut les retrouver avant qu'il ne soit trop tard…

— J'espère juste que le chemin sera encore praticable, soupira Sillargues. Sinon…

— Sinon quoi ? demanda Brichot, en remettant ses lunettes sur son nez busqué.

Le capitaine Sillargues lui jeta un rapide coup d'œil dans le rétroviseur intérieur :

— Sinon, les trois personnes qui occupent la voiture en question vont se retrouver prises dans un piège sans doute mortel.

****

Stéphanie ne sentait même plus les paquets d'eau noire qui fouettaient son corps nu, maculé de boue. Ni les épines de pins et de ronces qui entaillaient la plante de ses pieds. Elle courait droit devant elle, le souffle court, les yeux aveuglés, zigzaguant entre les arbres dont les branches les plus basses lui cinglaient méchamment le visage, la poitrine, le ventre, le haut des cuisses…

Son pied gauche dérapa dans une flaque, et elle tomba pour la troisième fois, roulant de quelques mètres sur le sol spongieux et en pente.

Elle se releva avec un gémissement pitoyable qui ressemblait à un sanglot, et, la respiration sifflante, se remit à courir entre les pins et les chênes, furieusement secoués par le vent en rafales.

Autour d'elle, depuis qu'elle avait miraculeusement réussi à se dégager du « fauteuil des plaisirs », tout n'était que mugissements effrayants, sifflements aigus, grondements inconnus qui semblaient venir des entrailles mêmes de la terre. L'eau et le vent qui agitaient le ciel noir noyaient tout, emportaient tout.

Et Stéphanie, les yeux aveuglés aussi bien par l'eau de pluie que par ses propres larmes, Stéphanie continuait de courir, droit devant elle, au hasard. Avec une seule idée en tête, taraudante, atroce : il fallait à tout prix qu'elle mette la plus grande distance possible entre elle et le monstre qui, froidement, sous ses yeux, avec sa voiture de cauchemar, avait torturé sa copine Claudia, jusqu'à ce que mort s'ensuive.

Lorsque, par extraordinaire, les deux bras mobiles du fauteuil l'avaient désenlacée, et que le god de cuir souple s'était retiré de son ventre en feu, Stéphanie avait découvert le corps exsangue de Claudia, sur le capot de la voiture. Et aussi, dans le rétroviseur, les yeux de fou de leur client, occupé à se masturber frénétiquement sur le siège avant.

Alors, sans réfléchir, sans même prendre la peine de ramasser ses fringues, Stéphanie avait ouvert la portière, s'était laissée glisser sur la terre du chemin, encombrée d'aiguilles de pin séchées, avait rampé durant quelques mètres, jusqu'à se retrouver à l'abri d'un buisson épineux. Là, elle s'était relevée et s'était mise à courir aussi vite qu'elle le pouvait, droit devant, tournant le dos au Gardon.

Stéphanie poussa un cri de douleur et s'affala dans la boue du sous-bois, que l'eau ravinait de plus en plus, en des dizaines de petits torrents convergents. Son pied venait de se tordre violemment entre deux racines affleurantes d'un gigantesque pin parasol.

Le cœur battant, elle se releva, mais, lorsqu'elle voulut s'appuyer sur sa cheville droite, elle poussa un nouveau cri de souffrance, et se laissa retomber à genoux. Le visage ruisselant de larmes et de pluie, elle s'agrippa des deux mains au tronc du pin pour se remettre debout. Il fallait qu'elle continue d'avancer, coûte que coûte. Il fallait qu'elle mette un maximum de distance entre ce monstre dément et elle.

Cette fois, ce fut une violente gifle sur la joue gauche qui la renvoya au sol. Les yeux écarquillés d'épouvante, elle leva la tête, et découvrit une silhouette sombre et massive, juste au-dessus d'elle. Elle espéra, pendant une petite poignée de secondes, qu'il s'agisse d'un villageois, ou d'un garde-forestier surpris par l'orage.

Mais, soudain, une série d'éclairs rapprochés se croisèrent dans le ciel, illuminant brièvement ce coin de forêt compris entre le cours du Gardon et la falaise.

Et Stéphanie, muette d'horreur, reconnut le visage de leur « client », mais comme déformé, enlaidi par l'espèce de joie démente qui tordait tous ses traits.

— Espèce de salope ! hurla-t-il, d'une voix haut perchée, nasillarde, méconnaissable. Tu croyais que tu allais me fausser compagnie comme ça ? Tiens, prends ça comme acompte, sale petite pute !

Et il lui assena une deuxième gifle, qui envoya Stéphanie rouler dans la boue. Mue par un instinct de survie quasi animal, elle voulut se relever et tenter de fuir, malgré sa cheville de plus en plus douloureuse.

C'était trop tard.

Avec un grognement de porc, Amaury Mesnières s'abattit sur son corps maigre, dont la peau blême était maculée d'une boue presque noire.

— Tu vas voir, on va bien s'éclater tous les deux ! dit-il dans un énorme éclat de rire qui vrilla les tympans de Stéphanie et la tétanisa de peur. On va jouir comme des bêtes ! aussi fort que l'orage ! C'est ça : je vais déclencher l'orage en toi, ma belle !

Avec une force incroyable, comme décuplée par l'espèce de folie qui le possédait, Mesnières plaqua le corps de sa victime sur le sol détrempé, avant de plonger sa bouche entre ses cuisses ruisselantes d'eau et de boue.

Stéphanie eut un sursaut machinal de tout le corps, en sentant la langue chaude et agile et son bourreau se frayer un chemin au centre de son ventre, la pénétrer avec l'agilité d'un petit animal vivant.

C'est alors qu'une idée traversa son cerveau à demi paralysé par l'épouvante.

Si elle y mettait du sien, si elle participait à son délire, si elle lui faisait croire qu'elle avait envie de lui, il n'en jouirait sûrement que plus vite.

Et peut-être qu'après avoir pris son plaisir, il la laisserait tranquille, il l'oublierait...

Stéphanie se mit à soupirer, puis à haleter littéralement, tandis que la langue chaude et vibrante continuait de la fouiller avec de plus en plus d'impatience, et que la pluie ruisselait sur son corps maculé de terre.

— Oh ! oui, c'est bon ! encore ! se mit-elle à crier, avec force pour couvrir les grondement du tonnerre qui se rapprochait. Ta queue, donne-moi ta queue !

Amaury Mesnières dut l'entendre, car, sans cesser d'explorer les replis secrets de son intimité, il pivota au-dessus d'elle de cent quatre-vingts degrés, de façon à venir se placer tête-bêche par rapport à son corps pantelant.

Dès qu'il fut en position, Stéphanie leva les deux mains et entreprit de dégrafer son pantalon, lourd de l'eau de pluie qui l'imbibait. Elle en sortit un membre lourd et noueux, en pleine érection.

Malgré sa répugnance, et surtout la peur qui lui nouait l'estomac, elle leva légèrement la tête et arrondit ses lèvres pâles pour avaler la virilité qui palpitait à quelques centimètres de sa bouche.

En sentant son sexe enserré dans ce fourreau naturel, chaud et vivant, Amaury Mesnières poussa un rugissement rauque, et tout son corps s'arqua, comme celui d'un loup hurlant vers la pleine lune.

Stéphanie fut surprise de la rapidité avec laquelle il explosa entre ses lèvres, l'étouffant à moitié du flot brûlant et saccadé de son plaisir.

— Avale ! rugit-il en se déversant dans sa gorge. Avale

tout, ou sinon...

Le cœur au bord des lèvres, mais surmontant sa répugnance, Stéphanie s'efforça de le satisfaire. Autour d'eux, l'orage et la pluie redoublaient d'intensité et de violence. À présent, un mugissement de plus en plus fort, régulier, leur parvenait, dans la direction où coulait le Gardon.

Lorsque son plaisir reflua, Amaury Mesnières se releva. Il fit la grimace en réalisant qu'il était trempé des pieds à la tête, alors qu'il s'était à peine aperçu du temps qu'il faisait, depuis qu'il avait quitté l'AM 1, à la poursuite de la fugitive.

Puis, la raison lui revint. Ou du moins ce qu'il pensait être la raison. Le bon sens. Un bon sens qui lui soufflait qu'il avait deux choses à faire rapidement, s'il voulait éviter bien des désagréments. La première qui lui vint à l'esprit, c'est qu'il devait enfiler des vêtements secs, afin de ne pas attraper la « crève ».

Et la deuxième, c'est qu'il devait se débarrasser de cette fille qu'il venait de baiser, histoire de ne pas laisser de témoin derrière lui.

Il pencha la tête vers elle, encore affalée dans la boue ruisselante. Leurs deux regards se croisèrent.

Et, recroquevillée d'horreur, Stéphanie comprit instantanément que, contrairement à ce qu'elle avait pu espérer, durant un court moment, son sort était désormais scellé.

****

Le capitaine Sillargues souleva sa main gauche du volant de la Mégane et désigna la montagne abrupte, faisant vis-à-vis au village de Collias, de l'autre côté du Gardon :

— Vous voyez la route qui descend en corniche, là, juste en face de nous ? demanda-t-il.

Bien que tout le paysage fût noyé de pluie et qu'il fît nuit, les éclairs qui se succédaient maintenant sans discontinuer permirent à Corentin de distinguer, en effet, une sorte de zébrure serpentine au flanc de la montagne pelée.

— Oui, et alors ? demanda-t-il, en haussant le ton pour couvrir le grondement ininterrompu du tonnerre.

— Alors, c'est sur cette route qu'ont été tournées les scènes de camions du « Salaire de la peur », avec Yves Montand et Charles Vanel, répondit Sillargues sur le même ton. Pour un film censé se passer au Mexique, c'est pas mal, non ?

— Et le G.R., il est où ? demanda Boris, qui se fichait un peu de la culture cinéphile du policier montpelliérain, et se préoccupait beaucoup plus de retrouver l'AM 1 d'Amaury Mesnières, et surtout les deux filles qu'il avait embarquées dedans, à Uzès.

— Il commence en bas du village, juste avant la plage, répondit Sillargues, tandis que la pluie redoublait de violence, pour devenir franchement diluvienne. Elle formait comme un épais rideau mouvant, secoué par une main géante invisible, qui donnait à Corentin et Brichot l'impression de se trouver perpétuellement *derrière* une cataracte naturelle, et de contempler le monde à travers cette chute d'eau.

La Mégane contourna la devanture détrempée de l'hôtel de la Garrigue, prit la petite rue, à droite, qui descendait vers la rivière... et fut arrêtée, dix mètres plus loin, par un barrage sommaire gardé par deux gendarmes, dont l'un, dégoulinant d'eau, se présenta à la portière côté conducteur.

— On ne passe plus ! cria-t-il aux trois passagers : le Gardon vient de sortir de son lit, et il continue de grossir. Ça devient trop dangereux !

Boris Corentin se pencha vers la gauche et leva les yeux vers le gendarme, tout en lui exhibant sa plaque de policier :

— Il faut absolument qu'on y aille : il y a une voiture sur le chemin !

L'autre fit la grimace :

— Une voiture, sur le chemin, mon commandant ? Franchement, sauf votre respect, ça m'étonnerait ! En tout cas, si un type a été assez fou pour s'aventurer si près de la rivière, il peut dire adieu à sa voiture : vu comme c'est parti, dans moins d'une demi-heure, elle sera emportée par les eaux et broyée !

Avec une sorte de grondement impatienté, Boris Corentin jaillit hors de la Mégane, contourna le gendarme assez bedonnant, sauta par-dessus le barrage et, malgré les protestations dans son dos, se mit à courir vers le bas de la petite rue conduisant aux rives du Gardon. Une rue qui, elle-même, à cause de la convergence des eaux de ruissellement, commençait à ressembler à un véritable torrent improvisé, encore peu profond heureusement, mais au flot rapide et bouillonnant.

Corentin n'avait pas dépassé la dernière maison depuis une vingtaine de mètres qu'il comprit ce que le gendarme avait voulu dire, en parlant de danger.

Juste devant lui, la rivière d'ordinaire tranquille était brusquement sortie de son lit encaissé, coupant la route, roulant ses flots terreux et bouillonnants avec une force et un rugissement impressionnants. Déjà, le flot charriait des troncs d'arbres arrachés, qui, au milieu de l'eau noire, tournoyaient sur eux-mêmes comme de vulgaires fétus.

Boris Corentin entendit un cri pitoyable, qui lui parut ressembler à un bêlement de mouton. Presque aussitôt, effectivement, à moins de trois mètres devant lui, il vit passer un animal dont seule la tête ensanglantée surnageait encore dans le flot furieux. En moins de trois ou quatre secondes, la pauvre bête disparut à sa vue.

Corentin comprit que le gendarme avait raison : impossible d'avancer d'avantage, sans être à son tour emporté par la rivière devenue folle furieuse. Les poings serrés sous l'effet d'une sorte de rage impuissante, il revint vers la voiture, dont les deux autres n'avaient pas bougé. Et c'est seulement lorsqu'il se fut réinstallé avec eux qu'il s'aperçut qu'il était trempé jusqu'aux os.

— On ne peut plus rien faire, murmura Sillargues. en tout cas, tant que la crue ne sera pas terminée. en attendant, s'il y a des gens qui se sont engagés sur le GR...

Il n'acheva pas sa phrase, mais Corentin et Brichot comprirent que le policier local ne donnait pas cher de leurs peaux.

— Mais il mène bien quelque part, ce chemin... murmura soudain Aimé Brichot.

— C'est vrai, ça ! sursauta Boris, en se tournant vers Sillargues : il peut très bien être submergé ici et ne pas encore l'être en aval !

Le capitaine Sillargues garda un instant le silence, les sourcils froncés, avant de dire :

— D'autant que, juste après le Pont du Gard, il s'élève de quelques mètres au-dessus de la berge proprement dite et qu'il...

— Alors, allons-y ! le coupa Corentin. Si on a une chance d'intercepter Mesnières et ses deux passagères, ça ne peut être que là-bas !

****

Amaury Mesnières se dépêcha d'attacher la deuxième cheville de Stéphanie, qui, à présent, ne cessait plus de gémir, sans même paraître s'en apercevoir. Puis, il s'engouffra à l'intérieur de l'AM 1, où régnait une douce chaleur, très discrètement parfumée de lavande fraîche. Et où, surtout, il se retrouva au sec.

Contrairement à Stéphanie, attachée les bras et les jambes en croix, nue, à plat ventre sur le capot de la voiture ruisselante d'eau.

Prête pour le sacrifice.

Le fait que sa cheville tordue empêche la fille de marcher avait finalement servi Mesnières. Qui, après l'avoir à demi assommée d'une gifle, l'avait simplement chargée sur son épaule, telle une biche blessée, et l'avait ramenée jusqu'à la voiture.

Là, il avait commencé par détacher le corps sans vie de Claudia, pour le balancer dans les flots furieux du Gardon, qui, à présent, arrivaient au ras de leurs berges.

Le cadavre avait été aussitôt englouti par les eaux boueuses et écumantes.

Amaury Mesnières mit l'ordinateur intégré sous tension, et programma rapidement les données permettant d'activer le god-caméra du capot de l'AM 1.

Quand il en aurait fini avec elle, il aurait juste à envoyer

Stéphanie rejoindre sa copine, et tout serait dit ! Ni vu ni connu, il n'aurait plus qu'à reprendre le volant et mettre quelques centaines de kilomètres entre ses deux dernières victimes et lui, pour que personne n'y voie que du feu. Et il en serait toujours ainsi, simplement parce qu'il était le plus malin, le plus intelligent.

Tellement supérieur à toutes ces larves humaines qu'il ne côtoyait – quand il y était obligé – qu'avec le plus extrême dégoût.

Mesnières était en train de mettre le moteur en marche, lorsque la limousine fut prise d'un léger sursaut, comme si quelque chose l'avait bousculée.

À l'extérieur, liée par les quatre membres aux montants du capot, Stéphanie le fixait à travers le pare-brise, avec des yeux dilatés par la terreur, mais aussi par l'incompréhension totale de ce qui lui arrivait.

La voiture était de nouveau parfaitement immobile et Amaury haussa les épaules : il avait dû rêver. Ou alors, c'était juste une bourrasque de vent plus violente que les autres…

Il pianota rapidement sur le mini-clavier incrusté au centre du volant. Aussitôt, sur le capot, Stéphanie eut un soubresaut de tout le corps. Un sourire halluciné se peignit sur les lèvres exsangues de Mesnières, qui avait les yeux rivés sur son écran de contrôle vidéo.

Jaillissant lentement du capot où il était dissimulé, le god-caméra venait de s'insinuer entre les chairs tendres et délicates de Stéphanie. Renvoyant fidèlement sur l'écran l'image étrange des délicieuses cavernes soyeuses que nul œil humain ne pouvait en principe contempler.

Sauf le sien. Sauf celui d'Amaury Mesnières.

Son pied droit appuya légèrement sur l'accélérateur, afin de déployer et dilater un peu plus le membre viril télescopique.

Il voulait voir plus avant, plus loin, plus profond, dans le ventre de sa victime.

Il voulait surprendre le secret, enfin. Le secret de l'éternel féminin, après lequel les hommes s'épuisaient à courir depuis toujours. Il voulait découvrir l'épicentre du plaisir, le temple de l'orgasme…

À ce moment, la voiture fit un saut plus important que le premier. Les sourcils froncés, Mesnières scruta la nuit en folie autour de l'habitacle hermétique de la limousine. Ses yeux s'arrondirent de stupéfaction, en découvrant que le chemin avait disparu, littéralement.

À la place coulait une sorte de torrent, boueux et impétueux, violent, et c'était lui qui venait de secouer la voiture, malgré ses trois tonnes.

En regardant un peu plus loin sur la droite, Amaury Mesnières découvrit une sorte de mer démontée, parsemée d'arbres. Sur le coup, il eut l'impression de faire un cauchemar. Puis, il réalisa ce que c'était.

Alimenté par l'orage d'une incroyable violence, et par les multiples ruissellements qui en découlaient, le Gardon venait de sauter hors de son lit naturel et noyait le paysage alentour, de ses eaux devenues furieuses, incontrôlables. Des eaux qui continuaient de monter, de plus en plus rapidement, au point d'atteindre déjà le bas de caisse de l'AM 1.

— Bon, on dirait qu'il va être temps de filer d'ici, grommela Mesnières. Le quartier devient un peu trop humide pour mon goût. Et elle ? Je la détache ou quoi ?

Un sourire dément empourpra les traits de Mesnières et fit crépiter ses yeux bleu sombre. Pourquoi la détacher? Puisque le god-caméra était directement commandé par l'accélérateur, il allait faire d'une pierre deux coups : partir d'ici et plonger au plus loin dans le corps de sa victime, pour y dénicher le secret de sa jouissance. Comprendre ce qu'elle possédait « sous le capot ».

Après, il n'aurait qu'à s'arrêter et, comme il l'avait fait pour Claudia, balancer le corps de Stéphanie dans la rivière en furie.

Le front et les tempes d'Amaury Mesnières ruisselaient de sueur, sans même qu'il en ait conscience. Autour de lui, la crue continuait de grossir, et l'AM 1 ne cessait plus de trembler, d'osciller, de vibrer, comme si, soudain, elle avait été dotée d'une vie propre, autonome.

Amaury Mesnières serra les dents, et, les yeux à demi aveuglés par la transpiration qui ruisselait de son front, il enfonça la pédale d'accélérateur.

Le hurlement de douleur de Stéphanie parvint à ses tympans malgré les claquements du tonnerre et les grondements de la rivière déchaînée.

En revanche, au lieu de bondir en avant, propulsée par ses 12 cylindres, comme il s'y attendait, l'AM & se contenta d'osciller plus violemment sur elle-même, avant de chasser du train arrière et de partir en crabe.

Mesnières comprit tout de suite ce qui était en train de se passer : à cause des remous de plus en plus violents de l'eau, le train arrière s'était soulevé au moment où il accélérait. Les dents serrées, il braqua le volant à gauche pour tenter de remettre la voiture dans l'alignement du chemin. Un chemin qu'il ne pouvait plus que tenter de deviner à travers l'eau boueuse qui se ruait par-dessus.

Brusquement, il sentit les roues arrière mordre de nouveau sur la terre spongieuse. Avec un grognement de satisfaction, il accéléra une nouvelle fois.

Stéphanie, sur le capot, rua dans ses liens et poussa un hurlement inhumain. La limousine bondit en avant de toute la puissance de son moteur de 6500 cm^3.

Amaury Mesnières se rendit compte de quelque chose de très important. De primordial, même.

Alors qu'il croyait avoir remis l'AM 1 dans l'alignement du GR qui longeait la berge du Gardon, il avait, trompé par un virage que faisait le chemin, placé le mufle de sa voiture droit vers le lit de la rivière.

Lorsqu'il voulut rattraper son erreur, d'un coup de volant à gauche, il était trop tard. Avec un rugissement sinistre, la grosse limousine venait de plonger en avant, dans le lit même de la rivière en furie.

Amaury Mesnières ressentit un choc violent à la tempe gauche, et perdit quelques instants connaissance. Quand il revint à lui, alors que la voiture était violemment ballottée dans tous les sens, il aperçut en face de lui une sorte de gigantesque et monstrueuse araignée, de plusieurs dizaines de mètres de haut, dont les pattes répugnantes enjambaient la rivière devenue folle.

Amaury Mesnières faillit hurler de terreur. Une terreur viscérale, abjecte, sans nom.

Puis, alors que ses lèvres s'écarquillaient, il reconnut que ce qu'il avait pris, à travers le rideau de la pluie, pour les pattes d'un monstre de cauchemar n'étaient rien d'autres que les arches deux fois millénaires du Pont du Gard;

****

— Viens, Boris, ça ne sert à rien de rester ici, cria Aimé Brichot, trempé, pour la troisième fois en moins de deux minutes.

Mais Corentin, continuait de scruter cette nuit démentielle, à la fois horrifié et fasciné par le spectacle infernal qui se déployait autour d'eux.

Ils se trouvaient au tiers environ de la longueur du Pont du Gard, à l'entrée duquel s'était arrêtée la Mégane conduite par le capitaine Sillargues.

Partout, le vacarme était devenu terrifiant. La nuit était striée d'éclairs et saturée de grondements. Le Gardon en folie paraissait prêt à engloutir la terre entière dans ses monstrueux bouillonnements, qui charriaient des troncs d'arbres arrachés, des cadavres d'animaux. Les arbres secoués par le vent d'une extrême violence mugissaient comme des taureaux saisis de démence, ou des loups reniflant l'odeur du sang frais.

Et Boris Corentin, immobile et droit dans cet univers de folie, seule tache claire dans cette noirceur en mouvement, continuait de scruter les flots furieux du Gardon.

Soudain, il poussa un cri, aussitôt emporté par le vent, et tendit le bras droit en amont de la rivière:

— Là ! Mémé, regarde !

Brichot écarquilla les yeux, pour tenter de repérer ce que sa flèche lui désignait. Effectivement, soulevée puis violemment rejetée par les remous, il vit une voiture sombre, au milieu des flots, qui avançait rapidement vers le pont romain, en tournoyant sur elle-même. Et il resta bouche bée, lorsqu'elle fut assez près pour qu'il puisse identifier la tache claire qui se trouvait sur le capot moteur, et qu'il avait d'abord prise pour une simple décoration peinte.

C'était un corps de femme nue, les bras en croix. Non pas un corps peint à même la carrosserie, mais *une véritable femme*, attachée aux montants par les pieds et les mains. Et, assis à la place du conducteur, il y avait un homme, les deux mains crispées sur le volant, comme s'il était encore capable de diriger quoi que ce soit dans ce maelström d'eau vomie par les enfers.

— Bon sang, c'est pas possible ! cria Brichot, pour couvrir les mugissements de la tempête. Tu crois que c'est...

— Amaury Mesnières ! répondit Boris Corentin sur le même ton. Avec l'une des deux filles qu'il a ramassées à Uzès ! Dieu sait ce qu'est devenue l'autre...

— Sillargues m'a dit que le Gardon s'élargissait, en aval, hurla Brichot : on pourra sans doute intercepter la voiture là-bas !

— Sauf si Mesnières trouve le moyen de rejoindre la rive avant ! répliqua Corentin. Auquel cas, il nous échappe et nous...

Il s'interrompit net. L'énorme limousine, qui ne semblait pas peser plus qu'une boîte d'allumettes dans le courant démentiel, venait de heurter l'une des piles du pont romain, dont l'eau, à présent, arrivait en haut des contreforts. À cause de l'épaisseur des parapets de pierre, elle avait disparu à leurs yeux.

Un cri masculin monta jusqu'aux oreilles de Corentin et de Brichot. Ce dernier se précipita de l'autre côté du pont, pour voir si la voiture avait réussi à passer sous une arche. Au bout d'une dizaine de secondes, il revint vers sa flèche :

— Rien de l'autre côté ! Ils doivent être coincés quelque part en dessous !

— Je vais voir ! cria Corentin, en grimpant sur le parapet, de près d'un mètre d'épaisseur.

— Fais gaffe, Boris ! lui lança Brichot, la voix pleine d'angoisse.

À quatre pattes sur la pierre, polie par deux millénaires d'existence, Corentin se pencha en avant. Il comprit instantanément ce qui se passait. La voiture avait heurté la pile du pont de plein fouet, par l'arrière, et restait coincée, le courant ne l'entraînant ni suffisamment à droite, ni suffisamment à gauche pour la faire pivoter et passer sous l'arche la plus proche.

Sauf que, petit à petit, la masse de ferraille dérivait quand même d'un côté. Encore une poignée de secondes, et elle finirait par pivoter dans le remous et franchir l'arche, pour continuer sa course folle vers l'aval de la rivière.

Un claquement de tonnerre déchira l'atmosphère, durant une fraction de seconde, il fit clair comme en plein jour. Lorsque la noirceur revint, la décision de Boris Corentin était prise.

— Mémé ! cria-t-il, en tourna la tête vers Brichot, appelle Sillargues dans la voiture et dis-lui de faire venir un hélicoptère de patrouille pour nous récupérer, si c'est techniquement possible !

— Comment ça : « nous » récupérer ? répliqua Brichot.

Qu'est-ce que tu veux di…

Il n'eut pas le loisir d'achever; ou, du moins, la fin de sa phrase fut perdue pour Corentin.

Qui venait de sauter dans le vide.

Il atterrit environ quatre mètres plus bas, sur le capot arrière de la limousine, qui oscilla dangereusement sous son poids, manquant lui faire perdre l'équilibre.

Comme la voiture avait été décapotée par Mesnières – sans doute pour que l'habitacle ne se transforme pas en piège mortel, si l'AM 1 venait à couler -, Boris Corentin sauta rapidement sur la banquette arrière, maculée d'eau et de boue, avant qu'un remous plus violent ne le précipite dans la rivière en fureur.

Bien lui en prit: au moment où il boulait sur le siège, la voiture, violemment frappée par un tronc de pin arraché de la rive, pivotait brusquement sur elle-même, se détachait de la pile du pont et s'engouffrait en oscillant sous l'arche, se ruant vers l'aval de la rivière.

Au même moment, pour voir ce qui venait de se passer, Amaury tourna vers l'arrière son visage ruisselant de pluie. Leurs yeux se croisèrent un instant, et Corentin fut frappé par l'éclat dément des pupilles affreusement dilatées de Mesnières.

Celui-ci, en découvrant le policier dans sa voiture, poussa un hurlement suraigu, et, se retournant vers le tableau de bord, se mit à pianoter sur un clavier, puis parut saisir quelque chose, sous le volant.

Les sourcils froncés, le visage ruisselant d'eau froide, Corentin s'apprêta à bondir à l'avant du véhicule, pour mettre Mesnières hors d'état de nuire.

Il n'en eut pas le temps.

Deux sortes de bras articulés venaient de jaillir, de l'épaisseur même de la banquette, et se refermaient autour de ses chevilles, comme des serpents de cuir.

Avec un juron, Boris Corentin voulut se dégager, mais les deux « serpents », probablement commandés électroniquement depuis le tableau de bord, songea-t-il, resserrèrent leur prise autour de ses chevilles, et il bascula en avant, se rattrapant de justesse au dossier du siège passager.

À ce moment, il y eut une série d'éclairs tellement intenses et rapprochés les uns des autres, qu'il fit clair comme en plein jour. Et Boris Corentin vit la formidable silhouette d'Amaury Mesnières – oscillante à cause des remous qui ballottaient la voiture dans tous les sens – se dresser juste devant lui. Il avait un sourire affreux sur sa face ruisselante… et un gros couteau de campeur à la main droite, brandi au-dessus de sa tête.

— Personne ne me prendra ! rugit-il, visage tourné vers le ciel zébré d'éclairs. Parce que je ne suis pas de votre race minable, vous m'entendez ? Je suis un homme libre, et libre je resterai ! Et malheur aux obstacles qui se dresseront sur ma route !

Ce disant, il enjamba le dossier du siège conducteur, ses yeux de fou fixés sur Boris Corentin, de plus en plus incapable de bouger, à cause des bras articulés qui lui tenaient le bas des jambes.

Et il comprit qu'Amaury Mesnières, emprisonné dans sa folie, allait le poignarder. Avant, probablement, de jeter son corps dans les flots furieux du Gardon.

Il tenta de se relever, pour affronter son adversaire. Mais, les pieds immobilisés, il ne put que retomber à genoux sur le siège.

L'eau vomie par les nuages noirs cinglait les deux adversaires, le vent les secouait, le torrent furieux faisait tanguer leur esquif de fer, de plastique, de verre et de fibres de carbone, comme une simple coquille de noix.

Et Amaury Mesnières levait vers le ciel, strié de déchirures blanches, son bras armé du couteau, dont la lame brillait par intermittences rapides sous le feu des éclairs.

Avec un rugissement sauvage, il abattit son bras vers la nuque de Corentin. Qui sentit le mouvement, plus qu'il ne le vit.

Face au danger de mort, son corps réagit quasiment plus vite que son cerveau. Son bras droit partit en un rapide mouvement tournant, tandis que son autre main s'agrippait au dossier, afin de faire contrepoids.

Dans la même fraction de seconde, Corentin arqua tout son buste vers la gauche, et rejeta la tête en arrière.

La lame passa à moins d'un centimètre de son cou. Au passage, Boris réussit, de sa main libre, à saisir le poignet de Mesnières et, accentuant son mouvement naturel, à le tirer en direction de l'extérieur de la voiture.

En même temps, malgré les liens qui entravaient ses chevilles, il parvint à se servir de son genou droit comme d'un butoir pour le pied de Mesnières. Lequel, incapable de rétablir son équilibre, bascula en avant, au-dessus du montant de la portière de l'AM 1.

Il poussa un cri. Sa main droite lâcha le poignard, qui tomba sur la moquette du sol, et battit l'air à la recherche d'un point d'appui.

Il n'en trouva pas.

Comprenant que Mesnières allait basculer par-dessus bord, Corentin, en un réflexe à peine contrôlé, le saisit par le pan de chemise qui dépassait de son pantalon, afin de l'empêcher de tomber dans les flots noirs et bouillonnants. Afin de lui éviter une mort certaine.

Il y eut un craquement à peine perceptible, un bref déchirement d'étoffe.

Avant d'avoir réalisé ce qui se passait, Boris Corentin se retrouva avec un lambeau de chemise bleu ciel entre les doigts… et rien d'autre.

Amaury Mesnières venait de basculer dans les tourbillons d'eau et de boue et d'y disparaître.

Il refit brusquement surface, par le jeu des courants. En partie tout au moins.

Boris Corentin vit un bras jaillir des bouillonnements infernaux, la main s'ouvrir comme pour saisir quelque chose, n'importe quoi.

Puis, les doigts se refermèrent sur la paume d'une façon convulsive, comme les pattes d'une araignée se replient sur son corps au moment de l'agonie.

Enfin, le bras d'Amaury Mesnières replongea dans l'eau sombre pour ne plus en ressortir.

Boris Corentin ne s'attarda pas à son oraison funèbre. Il commença par ramasser le poignard, et le glissa dans son ceinturon. Puis, en s'aidant des deux mains, il parvint à se remettre en position accroupie sur le siège arrière, où ses deux chevilles étaient toujours emprisonnées.

Son raisonnement était simple. Juste avant que les deux « serpents » de cuir ne sortent des profondeurs du siège, il avait vu Mesnières pianoter sur un clavier, puis toucher à quelque chose, sous le volant.

Il devait donc refaire la même chose, mais en sens inverse. Si c'était possible.

Les mâchoires serrées, le visage ruisselant d'eau, Boris banda ses muscles, et projeta son corps en avant, au-dessus du large accoudoir séparant les deux sièges avant, sur lequel il s'affala. Puis, pivotant à grand-peine sur lui-même, il projeta sa main sous le volant. Ses doigts rencontrèrent un petit levier de bois. Il tira dessus, rien ne se produisit.

Il le repoussa vers l'arrière. Cette fois, la manette obéit au mouvement.

Boris faillit pousser un cri de joie. Au moment où le levier bougeait, il avait senti les deux bras de cuir desserrer leur étau sur ses chevilles pour les libérer.

En une seconde, il rétablit sa position, saisit le couteau qu'il avait passé à sa ceinture, et se glissa par-dessus le tableau de bord, sur le capot avant.

Où la fille blonde et entièrement nue était toujours attachée, les membres en croix. Les yeux fermés, la tête mollement ballottée de droite et de gauche, au gré des oscillations de la voiture, elle paraissait évanouie.

Boris Corentin décida qu'il valait mieux commencer par lui dénouer les chevilles, car c'était la partie la plus délicate, vu qu'il devait, pour ça, s'avancer à l'extrême bord du capot ruisselant d'eau.

Il se mit à ramper près du corps maigre et nu. Il eut un bref sursaut, en découvrant l'énorme phallus factice fiché dans le sexe de la pauvre fille.

« Voilà sans doute pourquoi on a retrouvé un objectif de

micro-caméra dans l'utérus de Julie-Aude Sibrezac, la première morte », songea Corentin, les dents serrées, tout en tranchant les deux cordelettes qui entravaient les chevilles de la fille.

Il remonta le long de son corps immobile avec mille précautions : chaque remous pouvait l'envoyer dinguer dans les flots hystériques et l'y engloutir définitivement,. comme ils venaient de le faire pour Amaury Mesnières.

Avant de libérer les poignets de Stéphanie, Boris Corentin releva la tête, afin d'essayer de voir où ils se trouvaient. Il constata que la limousine, au gré des courants, avait dérivé vers la droite de l'énorme coulée d'eau, s'éloignant notablement du centre, et donc du lit naturel du Gardon. Il calcula que, vu la présence proche des arbres dépassant de l'eau, ils devaient même se trouver à l'aplomb de ce qui, d'ordinaire, devait être la terre ferme.

Et c'est à ce moment-là qu'il la vit.

À une cinquantaine de mètres en avant de la voiture, à moins de quinze mètres sur la droite, une maison.

Elle était à demi enfouie dans l'eau, seul dépassait encore des flots furieux le toit de tuiles rondes, flanqué de deux fenêtres en chien assis.

Boris Corentin comprit que c'était l'unique chance à saisir. Et à saisir tout de suite.

Il se mit à trancher les derniers liens de Stéphanie avec une sorte de rage fébrile.

Dans une poignée de secondes, il serait trop tard.

Lorsque la dernière cordelette céda, Corentin remit le couteau à sa ceinture, se mit à genoux sur le capot et, de toute la puissance dont il était capable, saisit le corps inerte de Stéphanie d'un seul bras. Puis, tel un simple sac, il le chargea sur son épaule gauche.

Enfin, après avoir pris une profonde inspiration, il se laissa glisser dans les eaux furieuses et noires.

Aussitôt, il se sentit emporté, tiraillé, frappé, écartelé par une force invisible, insaisissable mais partout présente.

Il donna un violent coup de reins pour ramener sa tête hors de l'eau. Puis, soutenant Stéphanie d'une main, sous le menton, il se mit à nager en direction de la maison. Avec l'énergie du désespoir.

Dès qu'il l'avait vue, il avait calculé que, s'il combinait la force du courant qui l'entraînait droit devant, avec sa puissance de nageur déployée perpendiculairement vers la droite, sa position était telle que, en diagonale, il devait réussir à atteindre la maison.

Mais il pouvait aussi se tromper. Avoir surestimé ses forces. Ou, au contraire, sous-évalué celle du courant monstrueux…

Comme pour donner raison au pessimisme qui venait de lui saisir l'esprit, Corentin sentait ses forces décliner rapidement. Il avait l'impression que le courant devenait de plus en plus puissant, de seconde en seconde.

Et puis, il y avait le « poids mort » que représentait Stéphanie, qui l'entraînait encore un peu plus vers l'aval.

Soudain, un remous encore plus violent que les autres l'envoya par le fond. Par un ultime réflexe, il eut le temps d'aspirer une profonde goulée d'air avant de disparaître sous la surface cinglée par les pluies en rafales.

Dans l'eau boueuse et infernalement agitée, Boris Corentin ne vit plus rien, perdit tout repère, ne sachant même plus dans quelle direction il devait tenter de nager.

C'était la fin.

Ses doigts effleurèrent alors quelque chose. Quelque chose de dur et de poli.

Instinctivement, Corentin s'y agrippa. Aussitôt, il ressentit une violente tension dans les muscles de son bras… et il s'immobilisa, malgré le courant.

Au prix d'un nouvel effort musculaire, il replia le bras, afin de rapprocher son visage de ce à quoi il venait de s'accrocher. En identifiant l'objet, il sentit une bouffée d'espoir lui envahir le cerveau.

C'était une poignée de porte.

À l'ultime seconde avant d'être emporté par le courant, il avait réussi à atteindre, sous les eaux, quasiment par hasard, en tout cas par miracle, la porte de la maison précédemment repérée.

En maintenant toujours solidement Stéphanie d'une main, il poussa la porte. Comme il s'y attendait, elle s'ouvrit sans trop de résistance, dans la mesure où l'intérieur de la maison était déjà envahi par l'eau, rétablissant l'équilibre des pressions.

D'un coup de pied et de reins, Boris fut à l'intérieur.

Curieusement, les meubles étaient restés sagement en place, donnant l'impression que les occupants allaient revenir s'y installer d'une minute à l'autre.

Dans le vestibule, Corentin ne fut pas long à repérer ce qu'il cherchait: l'escalier de bois conduisant à l'étage encore partiellement émergé.

Il était temps car le sang commençait à battre douloureusement à ses tempes, à cause du manque d'oxygène. Et puis, surtout, il ignorait où en était la fille qu'il avait détachée du capot, de ce point de vue-là.

S'accrochant à la rampe, aux trois quarts aveuglé par l'eau boueuse, Stéphanie de nouveau juchée sur son épaule gauche, Corentin gravit l'escalier.

Sur le petit palier de mi-hauteur, ses yeux tombèrent sur le cadre accroché au mur, et il ne put s'empêcher de sourire brièvement, malgré le manque d'oxygène qui commençait à le tarauder.

C'était une photo. Elle représentait une caravane de chameaux au milieu des dunes ocres d'un désert de sable…

Ce fut trois ou quatre marches avant le haut de l'escalier que Corentin et Stéphanie émergèrent enfin de l'eau glacée. Boris aspira une grande goulée d'air humide, avant de porter Stéphanie dans la pièce qui se trouvait la plus proche de lui, juste en face de l'escalier.

Il en ouvrit la porte à la volée. Et fut aussitôt accueilli par des hurlements de terreur qui le firent violemment sursauter, tellement il s'attendait à tout sauf à ça.

À « ça », c'est-à-dire à une jeune femme brune d'environ trente ans, recroquevillée dans le coin de ce qui était visiblement une chambre d'enfant, et serrant deux fillettes terrorisées contre sa poitrine.

— Qui êtes-vous ? balbutia la mère, en claquant des dents. D'où vous venez ? C'est impossible que vous soyez passés par…

Elle n'acheva pas, se contentant de serrer un peu plus fort ses deux filles contre elle, dans un ultime et dérisoire geste de protection maternelle.

En quelques phrases, écartant tout ce qui n'était pas

l'essentiel, Boris Corentin lui expliqua qui il était, et elle parut s'apaiser un peu.

— Je m'appelle Lydia, finit-elle par dire, en repoussant doucement ses deux gamines vers le lit adossé au mur. Lydia Sancier. J'ai réussi à joindre les pompiers il y a une demi-heure, avec mon portable. Ils disent qu'ils vont venir, mais qu'il faut qu'on soit patient…

— Vous pouvez me trouver une couverture… pour elle… murmura Boris, ruisselant, en désignant le corps inerte de Stéphanie, blême et dégoulinant d'eau lui aussi.

— Allongez-la sur l'autre lit, répondit Lydia, en se mettant debout. On va la sécher avec la cretonne…

À ce moment, Stéphanie ouvrit les yeux. Et, comme si elle avait compris instinctivement que Boris Corentin – qu'elle n'avait encore pas vu puisqu'elle était inconsciente – venait de lui sauver la vie, elle noua ses bras autour de son cou, lui sourit et murmura :

— On ne me fera plus de mal, n'est-ce pas ? C'est fini, maintenant… c'est fini, hein ?…. On va juste attendre et dormir…

Pour toute réponse, Boris Corentin se contenta de la serrer très fort contre lui. Parce qu'il n'y avait rien à dire de plus, parce que Stéphanie avait raison. Les secours, activés par Aimé Brichot, allaient probablement arriver bientôt sur les lieux.

Pour Stéphanie qui, par deux fois, venait d'échapper à une mort quasiment certaine, il n'y avait effectivement plus qu'à attendre et dormir…

****

L'hélicoptère de la police nationale, alerté par Brichot et Sillargues, arriva environ quarante minutes plus tard. Mais, face à la violence des éléments déchaînés, ils ne purent rien tenter, pour les deux femmes et les deux gamines sur lesquelles veillait Boris Corentin, à l'intérieur de la maison cernée par les flots en furie. Et l'engin repartit, au milieu des éclairs, après qu'une voix nasillarde, sortant d'un mégaphone, leur eut enjoint de ne sortir de la maison sous aucun prétexte et de « tenir bon ».

À trois heures du matin, suite à un affaiblissement de la pluie, le niveau de l'eau arrêta de monter, alors qu'il venait d'atteindre la dernière marche de l'escalier.

À cinq heures, la pluie cessa tout à fait.

À sept heures, un soleil oblique et rougeoyant déchira soudain les derniers nuages gris.

À huit heures et demie, Boris Corentin constata que la décrue venait de commencer.

Mais ce n'est que vers midi, ce 9 septembre, que le ralentissement du courant permit à un gros dinghy à moteur de venir tirer de leur refuge, au milieu des eaux, Boris Corentin, Stéphanie Chicot, Lydia Sancier et ses deux filles, Carine et Émilie.

La première personne que Corentin vit, debout à l'avant de l'embarcation, triturant nerveusement la pointe de sa moustache, fut Aimé Brichot.

CHAPITRE XIII

Lorsqu'il poussa la porte du bureau de Charlie Badolini, Boris Corentin eut à peine le temps de voir une sorte de tornade brune fondre sur lui, se précipiter dans ses bras... avant de plaquer ses lèvres pulpeuses et douces contre les siennes.

— Boris ! je suis tellement heureuse de te revoir ! murmura passionnément Yamina, en écrasant contre le sien son corps aux formes voluptueuses et fermes. J'ai vraiment cru, l'autre nuit, que tu... enfin que je ne te...

— Mademoiselle Tlili ! interrompit Charlie Badolini d'une voix cassante, que démentait la petite lueur amusée de ses prunelles, dois-je vous rappeler que vous êtes ici dans MON bureau, que j'aimerais bien ne pas voir se transformer en maison de rendez-vous... pour rester courtois et poli !

Comme Aimé Brichot occupait déjà l'un des deux fauteuils Empire réservés aux visiteurs, Boris laissa galamment l'autre à Yamina – qui ne se détacha de lui qu'à regret –, et alla prendre l'une des chaises alignées contre le mur.

Il était resté 24 heures de plus que Brichot à Montpellier, à cause du rapport supplémentaire qu'il devait rédiger, concernant la manière dont il avait sauvé la vie à Stéphanie Chicot.

Laquelle Stéphanie se remettait rapidement de son cauchemar, au CHR de Montpellier. Elle avait eu plus de chance que son amie Claudia Samperini, dont le corps mutilé avait été retrouvé le lendemain des pluies diluviennes, coincé entre deux troncs d'arbres, à plus de trois kilomètres en aval de Collias.

— Mon cher Boris, attaqua le commissaire divisionnaire, en allumant une cigarette brune au mégot de la précédente, il y a eu du nouveau, depuis votre embarquement à l'aéroport de Montpellier : le corps d'Amaury Mesnières a été repêché, à un peu plus d'un kilomètre en aval du Pont du Gard. Pas mal amoché, d'après mon homologue local…

Boris Corentin resta silencieux, presque rêveur. La voiture de Mesnières, l'AM 1, avait été récupérée par les services techniques de la police, dès le lendemain matin de cette nuit d'apocalypse. Et ils avaient commencé à la décortiquer pièce par pièce.

Histoire de comprendre ce qu'elle avait sous le capot…

— Et sa boîte ? demanda soudain Aimé Brichot. Je suppose qu'elle va fermer…

— Pas sûr, répondit Charlie Badolini : les trois principaux ingénieurs qu'employait Mesnières songent à faire une proposition collective pour racheter l'entreprise et continuer à fabriquer des automobiles Mesnières.

— Ouf ! les milliardaires peuvent respirer ! plaisanta Yamina, que l'œil sévère de Badolini ne semblait pas impressionner outre mesure.

— Moi, il y a un personnage qui m'intéresse, murmura Boris Corentin, en allumant une cigarette ultra-légère, et dont on n'a plus eu de nouvelles, avec Mémé… c'est monsieur le sénateur Sibrezac, le père de notre première victime, Julie-Aude.

— C'est vrai ça ! fit Aimé Brichot. Après tout, c'est quand même grâce à lui si on s'est retrouvé sur la piste d'Amaury Mesnières, Boris et moi !

Charlie Badolini eut un petit sourire froid :

— Dans un premier temps, figurez-vous qu'il a été très fâché d'apprendre que sa fille, avant de mourir, allait s'exhiber sur un site Internet semi-porno !

— Et depuis ? fit Corentin, avec une petite grimace.

Charlie Badolini souffla un nuage de fumée grise vers le plafond à moulures :

— Depuis, il a repris du poil de la bête, justement en raison de la catastrophe de la fameuse nuit où vous étiez dans sa région : grâce à sa présence « sur le terrain », dès le matin du 9 septembre, monsieur de Sibrezac considère que sa réélection au Sénat est dans la poche. Du coup, il m'a fait l'effet d'un homme qui se remettait assez bien et assez vite de la mort de sa fille…

C'est plutôt sombres et un peu écœurés par ce « cynisme sénatorial » que Boris Corentin et Aimé Brichot quittèrent le bureau du commissaire divisionnaire, une dizaine de minutes plus tard. Suivis par une Yamina qui, elle, paraissait pétillante d'optimisme et de bonne humeur, au contraire.

— En tout cas, dit-elle en rattrapant les deux hommes au milieu du grand escalier, et en les prenant chacun par un bras, vous avez beau faire la tronche, mais toute cette affaire prouve au moins une chose : qu'on a raison, à la Befti, de réclamer plus de moyens pour traquer les malades sur Internet !

— Là, tu as raison ! répondit Boris, en se détendant brusquement. Et puis, moi, ça m'a donné une petite idée pour arrondir mes fins de mois…

— Ah oui ? fit naïvement Aimé Brichot, tandis qu'ils débouchaient sur le quai des Orfèvres, sous un soleil éclatant. Et c'est quoi, ton idée ?

— Je vais équiper mon studio d'un ordi et de deux webcams, répondit Corentin avec un sérieux papal, je vais créer mon propre site Internet… et faire du strip-tease informatique pour dames seules !

— Tu sais que ça pourrait marcher du feu de Dieu ? répondit très sérieusement Yamina, manquant faire suffoquer Aimé Brichot d'indignation.

Elle enchaîna avec un petit sourire mutin, du coin de ses lèvres pleines :

— Mais, avant d'investir dans du matos coûteux, je suggère que tu testes ton potentiel…

— En quoi faisant ? demanda Boris, qui la voyait venir « gros comme une maison ».

Yamina se plaqua contre lui, le bassin en avant et la poitrine cambrée :

— En me ramenant chez toi et en en faisant un pour moi toute seule, de strip-tease !

Boris Corentin fit mine de peser le pour et le contre, avant de répondre, dans un sourire :

— Ça me paraît être une bonne idée : après tout, tu es une vraie spécialiste d'Internet, non ? On pourrait même y aller tout de suite, qu'est-ce que tu en dis ?

— Ah ! elle est jolie, la police française de demain ! soupira Aimé Brichot, en les regardant s'éloigner, d'un œil mi-réprobateur, mi-attendri. Et si en plus elle se met à corrompre celle d'aujourd'hui, alors je ne réponds plus de rien, moi !

— J'ai l'impression que celle d'aujourd'hui ne m'a pas attendue ! répondit Yamina, en tournant la tête pour adresser un petit clin d'œil complice à Aimé Brichot.

Avant de se laisser enlacer par Boris Corentin, avec un petit roucoulement ravi.

L'IMPLACABLE

Par

Richard Sapir et Warren Murphy

O

Une série bourrée d'action
et d'aventures fantastiques.
C'est violent, c'est cruel... et drôle.

Le N° 124 est chez votre libraire :

TOUCHEZ PAS AUX GRIZZLIS

BLADE

Projeté par un ordinateur à travers l'immensité
de l'Univers et du Temps,
Richard Blade parcourt les mondes inconnus
des dimensions X pour le compte du
service secret britannique.
Chaque voyage le plonge au cœur des
passions qui ravagent ces dimensions
sauvages et lointaines

Le N° 147 est paru

LE SPHINX DE MARKHAB

Désormais
vous pouvez commander
sur le Net :

SAS . BRIGADE MONDAINE
POLICE DES MŒURS. BLADE
JIMMY GUIEU . L'IMPLACABLE
FAITS DIVERS . COMMISSAIRE LEON
LES EROTIQUES
De Gérard de VILLIERS

LES NOUVEAUX EROTIQUES . SERIE X
LE CERCLE POCHE . THRILLER NOIR
MURDER POCHE
en tapant

www.editionsgdv.com

Composition
Marc Page

Achevé d'imprimer sur les presses de

BUSSIÈRE
GROUPE CPI

à Saint-Amand-Montrond (Cher)
en janvier 2003

VAUVENARGUES - 14, rue Léonce Reynaud - 75116 Paris
Tél. : 01-40-70-95-57

— N° d'imp. : 30277. —
Dépôt légal : janvier 2003.

Imprimé en France